LE PLONGEUR

"Actes noirs"

Titre original :
Ο Δύτης
Éditeur original :
Ikaros, Athènes

ISBN 978-2-330-13430-3

MINOS EFSTATHIADIS

Le Plongeur

roman traduit du grec
par Lucile Arnoux-Farnoux

ACTES SUD

À tous ceux qui sont passés par la Maison de la Vérité.

Dans le silence on ne sait pas, il faut continuer, je ne peux pas continuer, je vais continuer.

SAMUEL BECKETT, *L'Innommable.*

1

“Lève-toi, il fait nuit.”

L’aube était encore loin lorsqu’il entendait la voix rauque interrompre ses rêves pour les rejeter, esquintés, aux frontières de la réalité. Bizarrement, son père disait vrai. Il devait quitter son lit en pleine nuit. C’était l’heure de travailler. “Lève-toi, il fait nuit.”

Il ouvre les yeux et les écarquille aussitôt pour deviner ce qui l’a réveillé derrière l’obscurité. Personne n’a parlé. Son père, mort depuis sept ans, lui a laissé l’injonction mille fois répétée en guise d’héritage.

Dans le ciel, un nuage à l’ouest garde un dernier reflet de lune. Il se penche pour boire à la fontaine de la cour. L’eau est pour eux une amie, car elle leur fait oublier la faim. Il glisse minutieusement la canne à pêche entre son dos et son manteau. Elle est coupée au centimètre près pour rester invisible lorsqu’il marche. La pêche est strictement interdite, comme bien d’autres choses.

Sur la route il court d’un arbre à l’autre, se cachant dans leurs ombres et derrière leurs troncs clairsemés. Il dévale les cent cinquante marches de l’église et, juste avant d’arriver au port, il coupe à gauche par le petit sentier. Il est à moins d’un kilomètre de la plage.

Le temps passe vite, il surveille en permanence l’horizon, les étoiles et l’horloge invisible enchâssée au milieu d'elles. Il lui reste une demi-heure avant les premières lueurs du jour et rien n'a encore daigné mordre à l'hameçon. Il se prépare à secouer de nouveau la canne, mais son geste reste en suspens, tandis que deux voix masculines trouent l'obscurité. Il ne comprend pas ce qu'elles disent mais peu importe. Il ne faut pas qu'on le pince en train de pêcher, c'est la seule chose qui compte.

Les voix s'approchent lentement, régulièrement. Il n'y a ni arbre ni cachette dans un rayon de cinquante mètres au moins, et courir sur les galets ferait autant de vacarme qu'un cheval au galop. Il est pris d'une envie pressante, mais il connaît les mauvais tours que joue la peur. Il met le pied droit dans la mer. Elle est aussi glacée que son cerveau. On commence à discerner les deux ombres à l'extrémité du chemin. Il prend une inspiration, serre la canne et plonge. Sa tête s'enfonce presque entièrement sous l'eau, seule sa bouche affleure à la surface.

Les deux hommes arrivent à l'endroit où il pêchait. Même s'ils étaient à sa recherche, ils ne pourraient pas le repérer. Il est déjà en train de nager silencieusement cinquante ou soixante mètres plus loin. Ils tiennent quelque chose dans leurs mains et crient des mots incompréhensibles, lambeaux d'une protestation fatiguée.

— Un… deux…

Ils se sont mis à compter.

— Trois… et hooop !

Le bruit de la chute parvient à ses oreilles, démultiplié par l'eau. Les hommes s'en vont, s'étant de toute évidence déchargés de leur fardeau dans la mer. Il reste sans bouger jusqu'à ce que la nuit les ait engloutis. La nage n'a rien à voir avec un divertissement estival, la canne à pêche à la main et tous ses vêtements sur le dos. Son manteau est aussi lourd que la ville tout entière, suspendue loin là-haut, sans une lumière.

Il lui faut trois ou quatre minutes pour se rapprocher du bord et avoir pied de nouveau. Le fardeau jeté par les deux hommes flotte à côté de lui. Un grand sac avec…

Non. Un corps humain. Incapable de faire ou de penser quoi que ce soit, il le tire sur le sable. La jeune femme qui le regarde de ses yeux morts grands ouverts lui coupe le souffle. Ils l'ont enveloppée dans une couverture brune. Est-ce la simple curiosité ou une ombre de concupiscence qui le pousse à écarter cette ultime protection ?

Il recule instinctivement de quelques pas. À gauche, sous le sein de marbre, il y a une curieuse marque d'un rouge sombre. Il s'approche pour mieux voir. Une plaie qui n'a pas eu le temps de cicatriser. Il n'a jamais rien vu de tel et à présent quelque chose l'attire toujours plus près. Incapable de résister, il tend la main pour toucher. Un vide inexplicable, un trou. Comment un corps humain a-t-il pu s'ouvrir ainsi ?

Il faut avertir quelqu'un mais s'il le fait on risque d'apprendre qu'il est venu pêcher – de nuit, qui plus est. Finalement il part en courant. Cette plaie sous le sein, les yeux grands ouverts et la beauté morte le poursuivront longtemps. Peut-être parce qu'il connaît la jeune femme – il fut un temps où la ville entière était fière d'elle.

Les soldats ramassent son corps deux heures plus tard. Peu après le lever du jour un ouvrier du port l'a trouvé rejeté sur la plage. Selon des ordres stricts, les préparatifs ont lieu à toute allure. Les parents ne sont autorisés à voir le visage de leur fille qu'un bref instant.

L'après-midi même, la foule monte vers le cimetière. Durant la cérémonie, le corps demeure totalement invisible dans le cercueil. Le père s'apprête à bredouiller quelque chose, mais heureusement quelqu'un lui ferme la bouche à temps.

“Noyade.” Si on cherche dans les archives de la ville, on bute sur ce mot. C’est la version officielle. Aucun médecin légiste ne s’est occupé de l’affaire. Comment l’aurait-il pu, d’ailleurs ?

Deux individus seulement savaient ce qui était arrivé. Le premier avait parlé à la jeune femme la veille au soir. Il lui avait fait face presque une heure durant, lui répétant les mêmes mots. Il l’avertissait du sort qui l’attendait, mais elle était restée à le regarder en silence, hypnotisée par l’inéluctable.

Le second homme à connaître la cause de la mort était déjà loin. Des années plus tard, il rêverait qu’il parvenait à boucher de ses doigts le trou sous le sein. Mais il est des plaies qui restent ouvertes et engendrent l’avenir.

2

“La lumière va nous déchirer… la lumière va nous déchirer…”

L’écho lointain diminue et se perd. Lorsque j’ouvre les yeux, seule cette phrase demeure. Vestige d’un songe ou paroles d’un poisson ? Des dessins animés traversent l’écran de la télévision qui scintille, allumée depuis la veille. Le bruit de la sonnette me réveille une deuxième fois à dix heures vingt du matin.

Un homme se tient immobile sur le seuil et me regarde.

— Monsieur Chris Papas ?

— Lui-même.

— Pardon de vous avoir réveillé.

— Non, je…

Je ne parviens pas à finir ma phrase. Si j’avais du talent pour les excuses, je serais devenu avocat plutôt que détective. Nous arrivons en silence dans mon bureau et nous asseyons l’un en face de l’autre. Peau grise de serpent, rides comme des rails de chemin de fer, deux lignes effilochées en guise de sourcils et pas un poil sur le caillou. L’ultime trace de couleur se cache sur la carte usée de son visage. Ses yeux brillent d’une fièvre bleue.

— Vous avez raison, je suis très vieux. Normalement je ne devrais pas me trouver ici. Nul ne mérite de durer aussi longtemps. Le plus souvent cependant ce n'est pas nous qui choisissons. De manière quelque peu ironique, les limites sont tracées indépendamment de notre volonté.

Ses paroles ont de moins en moins de sens, tandis que m'envahit le sentiment diffus qu'il veut dire autre chose que ce que je comprends. La faute peut-être à mon réveil difficile. Ou à ma tête.

— Voulez-vous un café ?

— Inutile de vous donner cette peine.

— De toute façon je vais m'en faire un.

— Un thé, alors.

Dans le calme de la cuisine je prépare les deux tasses. À travers les vitres les toits mouillés forment la crête grise de Hambourg. Tandis que le visage et les mots décousus de l'inconnu continuent de tourbillonner dans l'espace, je me renverse de l'eau brûlante sur la paume. Je pousse un cri et quelques jurons. J'ai lu quelque part que le dentifrice est efficace dans ces cas et je reviens dans le bureau en tenant un tube de Colgate au lieu du thé et du café.

— Brûlure ?

— Oui, l'eau…

— Huile et sel.

— Quoi ?

— Il faut enduire la zone d'huile et après un moment saupoudrer de sel.

Est-ce le ton rassurant de sa voix ou ma propre confusion qui me pousse à suivre son conseil ? J'ai une bouteille en plastique à la main lorsque je me rends compte qu'il m'a suivi sans bruit jusqu'à la cuisine.

— Ce n'est pas de l'huile d'olive.

— Le type d'huile joue un rôle ?

— Chaque chose joue son rôle. Vous permettez que je le fasse ? Vous avez du gros sel ?

— Dans le placard.

Il humidifie du Sopalin, enduit la brûlure d'huile d'arachide puis étale une fine couche de sel par-dessus. Il soigne ma main et moi j'observe la sienne. Des veines de plomb la parcourent, fleuves lilliputiens qui cherchent un lac au-delà de son corps, au-delà de la pièce. Sa voix paraît moins sûre à présent.

— Monsieur Papas, je voudrais que vous surveilliez une dame. Elle s'appelle Eva Döbling et elle habite ici… à Hambourg. Elle a quarante et un ans et travaille comme secrétaire dans un cabinet d'avocat.

— Simple filature ?

— Je ne sais pas ce que vous entendez par "simple". Je voudrais que vous ne la quittiez pas des yeux pendant quarante-huit heures. Sans arrêt.

— Vous me faciliteriez la tâche en me disant ce que nous cherchons exactement.

— Réunissez un maximum d'informations. Si vous parvenez à me procurer également des documents visuels ou sonores, c'est encore mieux.

— Vous voulez donc des photos et des vidéos. Soit, mais de quoi ? D'étreintes amoureuses, par exemple ?

— De tout ce qui vous paraîtra important à vous. Je vous laisse juge.

— Il y a autre chose que je dois savoir sur cette dame ?

— Non.

Je regarde de nouveau l'homme qui est assis à côté de moi. Quel âge peut-il avoir ? Cent ans ? Plus ? C'est la première fois que je parle avec un client dans ma cuisine. J'ai l'irrépressible impression que nous nous trouvons dans un autre espace-temps.

— Monsieur Papas, je reviendrai jeudi soir à sept heures. Je vous laisse une avance, quelques renseignements indispensables sur Mme Döbling et mon téléphone. Vous pouvez m'appeler à n'importe quelle heure. Si vous réussissez à recueillir des éléments visuels ou sonores, vous recevrez un supplément. C'est vous qui fixerez le prix.

Il se lève comme au ralenti, avec son long manteau noir qui le fait ressembler à un personnage de film expressionniste. Il sort d'une poche intérieure une enveloppe qu'il pose avec précaution sur la table de la cuisine. À la porte, il marque un arrêt, le regard brillant.

— C'est curieux… que vous n'ayez pas d'huile digne de ce nom. La Grèce est pourtant réputée pour ça.

— Comment savez-vous d'où je viens ?

— Au revoir, monsieur Papas.

L'enveloppe contient dix billets de cent euros, un carton blanc sur lequel est notée une adresse à Hambourg et une photo d'identité. Eva Döbling a les cheveux blonds coupés court, un nez en trompette et les lèvres pincées. Ses pommettes légèrement saillantes lui donnent un air slave et la rajeunissent de cinq ou six ans. Elle fixe l'objectif comme s'il n'y avait rien derrière, avec un regard où l'indifférence le dispute au mépris.

Je prends conscience avec retard de ce qui manque. Mon client n'a pas dit son nom et l'enveloppe ne contient rien de plus. Est-ce que le numéro de portable noté sur le papier suffit ? Avec les mille euros, ça suffira bien.

Mardi 18 janvier. En cette saison, une filature dans les rues de Hambourg a autant d'attrait qu'une réunion de nudistes au pôle Nord. J'enfile tout ce qui me tombe sous la main et j'ajoute encore un pull-over.

Dans le métro, je repense à l'affaire. Presque tous les maris trompés et les amants jaloux demandent la même surveillance étroite. Leur soif de preuves photographiques ou sonores demeure inextinguible, bien qu'ils sachent parfaitement qu'elles ne feront que les blesser davantage. La nature humaine recèlerait-elle quelque chose de résolument masochiste ? Ou bien le désir d'acquérir une certitude, si torturante soit-elle, est-il plus fort que le réflexe d'éviter la douleur ?

Des rafales de vent glacé fouettent la sortie de la station Stefanplatz. Il n'y a pas un chat dans les rues et seules les rares voitures qui circulent attestent que la ville est encore vivante. Je suis déjà dans la rue Mittelweg et bientôt je vais devoir tourner à gauche pour prendre la rue Fontenay.

J'éprouve de la reconnaissance pour les arbres qui acceptent de pousser à Hambourg, de la reconnaissance pour toutes les villes avec des arbres. Un jour nous vivrons dans des tombeaux de béton. Des employés vêtus de noir et des gardiens vêtus de blanc soulèveront chaque matin les couvercles de nos trous aussi profonds que vides de rêves pour que nous sautions à l'extérieur. Nous regarderons la planète comme si nous la saluions pour la dernière fois. Et le soleil sera suspendu, indifférent, au-dessus de nous qui aurons si mal joué notre partie.

L'Intercontinental Hotel s'impose indubitablement dans la rue Fontenay comme un remarquable échec esthétique : une énorme boîte qu'un architecte lobotomisé a divisée en petits carrés et a abandonnée au bord de la rue. À soixante ou soixante-dix mètres de là se trouve l'immeuble où travaille Eva Döbling. Je cherche en vain dans l'entrée, il n'y a pas la moindre trace d'un cabinet d'avocat. L'oreille basse, je jette un premier coup d'œil à mon portable. À midi dix commence le voyage. Quarante-huit heures dans le monde de quelqu'un d'autre.

À une heure trente-deux exactement, j'abandonne mon coin de rue pour foncer en tremblant à l'Intercontinental. Sous le regard somnolent du barman, je descends mon cognac en deux gestes qui rappellent une prise de kung-fu et, sans changer de rythme, je retourne immédiatement à mon poste. Depuis le début de ma surveillance, trois hommes seulement sont sortis du bâtiment. Le cognac m'a fait perdre quatre à cinq minutes, pas plus. La probabilité qu'Eva Döbling ait fait son apparition entre-temps est réelle, mais minime. C'est du moins ce que je me dis.

À trois heures douze, je renouvelle ma course folle jusqu'au bar de l'Intercontinental. Le deuxième cognac jaillit, puisque à présent le barman lui-même connaît la valeur du temps perdu (peut-être a-t-il lu Proust). L'alcool frais réveille l'esprit logique. C'est du moins ce que je me dis. Les premiers doutes surgissent. Et si le client s'était trompé en notant l'adresse ? Et si le cabinet d'avocat avait fermé ou déménagé ? La solution paraît simple.

Franz Schliemann, au troisième étage, ne répond pas à mon coup de sonnette prolongé. Où es-tu mon, vieux Franz, alors que j'ai tellement besoin de toi ? Heureusement Christina Bach, au deuxième étage, est une casanière à la voix mièvre qui pourrait chanter dans des goûters d'enfants avec des parents ivres.

— Qu'est-ce que c'est ?

— Bonjour. Nous travaillons pour DHL et nous cherchons M. Schliemann au troisième. Nous devons lui laisser un avis de passage.

La porte s'ouvre et je suis accueilli par une odeur de peinture fraîche et de plastique chaud. Je prends mon temps. Quatre étages, plus de vingt portes. Parmi les locataires aucune mention d'un cabinet d'avocat ni d'Eva Döbling. C'est ainsi que prend fin le rêve des couloirs bien chauffés.

À quatre heures vingt-deux, je bois mon troisième cognac tandis qu'une ombre de commisération se reflète clairement dans le regard du barman. À six heures et quart, je pourrais sans peine jouer le bonhomme de neige et la température continue de baisser. À sept heures moins vingt, le jeu du hasard a pitié de moi. La porte s'ouvre et une femme aux cheveux courts sort. Écharpe, manteau de cuir marron jusqu'aux genoux, pantalon vert foncé. On n'entend que le bruit de ses bottes sur le trottoir. Elle sort son téléphone portable d'une poche intérieure, mais même si elle ne parlait pas si bas je ne saisirais pas un mot. La distance entre nous est d'au moins cinquante mètres. Elle marche rapidement et je ne peux pas m'approcher davantage dans des rues aussi vides. Le coup de fil dure deux à trois minutes.

Nous entrons dans le même wagon, séparés par une dizaine de passagers. Dès l'instant où le métro nous rejette à la station Steinstrasse, Eva Döbling accélère encore le pas. L'idée qu'elle cherche à m'échapper semble a priori absurde. Mais, comme toutes les choses absurdes, elle refuse de disparaître. Je suis hors d'haleine, les rues s'évanouissent derrière nous telles des amours passées, nous glissons dans un Luna Park glacé au milieu d'une ville fantôme. Je n'aurais pas dû boire sans rien manger.

Le bruit de ses talons sur le trottoir se transforme en un tam-tam angoissant. Combien de temps marchons-nous ainsi ? Soit Eva Döbling ne cesse d'augmenter la cadence, soit ce sont mes forces qui m'abandonnent progressivement. Nous avons déjà franchi quatre ponts.

"Étoile du Port", c'est le nom de l'hôtel dans lequel elle entre presque en courant. Sous la chétive lumière jaune qui encadre l'entrée pend un écriteau avec une étoile à moitié effacée. Le bâtiment délabré de trois étages s'emploie apparemment à railler son nom, son état et les astres.

Dix minutes plus tard, j'hésite devant la réception. L'employé somnolent m'observe comme si j'avais trois têtes et pas de corps. C'est d'ailleurs précisément la sensation que j'ai. Les doigts de sa main droite jouent avec un komboloï rouge.

— Vous avez des chambres libres ?

— Quarante-cinq euros.

— La dame qui vient d'entrer… pour combien de nuits a-t-elle réservé ?

Il reste parfaitement inexpressif, il n'a pas entendu ma question. Le problème auditif se résout dès qu'il a empoché le billet de cinquante que j'ai posé sur le comptoir.

— Seulement ce soir. La dame.

— Je veux la chambre à côté de la sienne.

Au-dessus de nos têtes planent les mots que nous n'avons pas besoin de prononcer. S'il n'était pas noctambule de haut vol, il travaillerait dans un supermarché plutôt qu'ici. Il tarde à prendre le deuxième billet de cinquante.

— Et quarante-cinq euros la nuit.

Je ne suis pas en position de négocier. En réalité je ne suis pas même en position de me tenir debout et il le sait sûrement. C'est pour ça qu'il ne se presse pas lorsqu'il commence à tracer des pattes de mouches sur son registre avec un antique crayon.

— Carte d'identité, s'il vous plaît.

— Je ne l'ai pas sur moi.

Nos regards se croisent encore une fois. Nous nous faisons face, obstinément muets et ironiquement souriants. Il faudra que tombent encore cinquante euros pour que le monde se remette en marche. Au taux ancien, pour une poignée de dollars. La clé de la chambre 106 pend au bout d'une étoile grossièrement façonnée.

— Tu n'aurais pas une aspirine ?

Il baisse la tête, traîne les pieds et disparaît derrière une porte qui grince juste un peu plus que la septième arche des enfers. En face un escalier conduit aux étages. Quels que soient les secrets frelatés, les alchimies douteuses, les désirs réprimés et les interminables cigarettes qui les ont imbibées, les marches n'en trahiront jamais rien. Le réceptionniste revient et jette un comprimé sur le comptoir.

— Cadeau de la maison.

L'étoile en plastique dans une main et le cachet dans l'autre, je monte à mon tour. J'avance presque à tâtons dans le couloir du premier étage, dramatiquement mal éclairé et profondément vert. La 106 apparaît, flottant à la surface d'une hallucination trouble. Avant d'y entrer, je jette un coup d'œil à la porte voisine. Chambre 107. Le refuge d'Eva Döbling.

Une atmosphère tout à fait domestique m'accueille : le lit double en fer, le miroir sale, l'unique ampoule du plafonnier grillée, la lampe de chevet encore vaillante. Le cabinet de toilette est au-delà de toute description et constitue à lui seul une nouvelle planète, que personne n'a envie de visiter. Je me penche sous le robinet, l'eau et le comprimé dansent la valse et descendent dans mon gosier desséché.

Heureusement, le sommier ne grince pas. Au premier coup d'œil au plafond, je commence à prendre conscience de ma situation. J'espère que ce corps faible et déglingué appartient à un autre homme, rencontré un jour lors d'un voyage solitaire en Antarctique. Je ne connais pas son nom, je ne verrai pas son visage, j'aurais voulu ne jamais le croiser.

Il faudrait que je mange quelque chose, mais cette option paraît aussi éloignée que l'ampoule grillée qui pend là-haut. Quelle force a pu attirer la Döbling dans cet endroit lugubre ? La question est sans réponse ni pour elle, ni pour moi. Nous sommes arrivés ensemble jusqu'ici, et cet "ici" semble tout à coup complètement coupé de la ville, des gens, de l'avenir. La fièvre me procure un délire à moins qu'elle ne me permette de voir plus clairement les choses. Je tends l'oreille avec l'espoir que quelque chose va jaillir de ce silence épais. Combien de temps s'est écoulé ? Tout à coup on entend le bruit d'un objet tombant sur le plancher. J'ai l'oreille collée à la cloison.

— Pas si... pas si près.

Dans la chambre voisine une voix masculine donne des directives.

— Là... comme ça ! Beaucoup mieux.

Celui qui parle doit avoir trente ans, trente-cinq tout au plus. Un peu plus tard, la 107 s'ouvre et des pas longent le couloir. Déjà je reconnais la démarche caractéristique d'Eva Döbling. La porte se referme derrière elle après un instant, l'homme est resté dans la chambre.

Il faut que je la suive. Trop vite, je risque de tomber sur elle ; trop lentement, je pourrais la perdre. Je me lève, prêt à sortir, lorsque j'entends de nouveau ses pas au bout du couloir. Maintenant, elle avance à un autre rythme. Le type ouvre la porte de la 107 avant même qu'elle approche. Le plancher en bois trahit chaque bruit. Eva Döbling passe devant ma porte d'un pas chaloupé, arrive devant la sienne et s'arrête. Elle marche comme en une lente procession dansée.

Elle entre de nouveau dans leur chambre, on entend le son aigu de la clé, un silence absolu règne pendant deux ou trois minutes. Puis soudain la musique commence. Je bondis de surprise. Rammstein n'a pas besoin de forcer pour traverser les murs de papier. Pris au piège comme nous le sommes dans la carcasse de cet hôtel sordide, le titre *Du riechst so gut* rappelle une grotesque parodie. Le morceau s'achève et recommence aussitôt, sans la moindre interruption.

Il passe six fois, avec exactement la même puissance.

J'imagine des scènes de sexe féroce dans la chambre voisine, tandis que mon client est assis tout seul chez lui et attend mon coup de téléphone en tapotant du bout de ses doigts séniles la table sur laquelle il a pris l'habitude de manger chaque jour avec elle. Voilà encore mes divagations. En réalité je n'entends rien d'autre venant de la 107. De la musique. Juste de la musique.

3

Les murs vert foncé plongent la chambre dans une sorte de marécage où ne surnagent que mes chaussures. Pure ironie. Je les avais enlevées pour que ne m'entendent pas ceux qui écoutaient Rammstein en boucle. Maintenant un calme énervant règne et le sommeil m'a laissé dans la bouche le goût amer de l'échec.

Après les six répétitions de *Du riechst so gut*, il ne s'est plus rien passé dans la 107. Du moins rien qui puisse être perçu de là où je me trouvais. J'attendais assis sur le lit, l'oreille aux aguets et les doigts collés sur mon portable, qui enregistrait encore et toujours le même morceau. L'épuisement, l'inaction et l'analgésique ont eu raison de moi et je me suis endormi sans m'en rendre compte.

À quatre heures quarante-huit, j'écarte le rideau qui recouvre l'unique fenêtre. La nuit se répand dehors et abreuve les rues. J'ai le pressentiment que la chambre voisine est vide, tandis que je ferme ma propre porte et sors dans le couloir. Quoi qu'il se soit passé là-dedans, c'est terminé.

— Il y a quelqu'un ?

Je toussote devant la réception.

— Il y a quelqu'un ?

Le traînement de pieds familier se met en route, et il surgit de la pièce de derrière avec les veilles nocturnes imprimées sur son visage. Il s'efforce de mettre un peu d'ordre dans la touffe clairsemée de ses derniers cheveux, ou simplement de s'habituer à l'idée qu'on l'a de nouveau réveillé. Je laisse la clé sur le comptoir tandis qu'une tasse, dissimulée jusque-là quelque part en dessous, fait son apparition et se colle à ses lèvres. Il tente de reprendre ses esprits, et moi je lui mets la pression pour recoller les morceaux.

— Est-ce que tu as vu à quelle heure ils sont partis ?

— Tu en veux un ?

J'acquiesce. Oui, j'en veux un. Quoi que soit ce maudit "un". Une deuxième tasse atterrit sur le comptoir et une bouteille en plastique apparaît entre ses mains. Du raki. Le réceptionniste est un immigré turc, et moi un immigré à moitié grec. Il y a manifestement quelque chose de commun dans nos itinéraires tordus qui se croisent ici. Nous buvons.

— Ils sont partis vers onze heures et demie. Comme si on leur courait après.

— Quel âge avait l'homme ?

— Une trentaine d'années.

— Tu les avais déjà vus ?

— Elle… peut-être. Je ne suis pas sûr. C'est chaque nuit de nouveaux visages.

Je m'emmitoufle dans mon écharpe, prêt à partir. Il me ressert du raki.

— Prends-le avec toi, tu vas en avoir besoin. La tasse aussi, c'est cadeau.

Je traverse quatre ponts. À Hambourg, ils ne sont pas nés avec la grâce de Venise, ni nourris des contes d'Amsterdam. Ils portent cependant en eux le même rêve muet, brèves histoires de pénétration de la terre dans l'eau. Ou le contraire. La tasse va et vient dans mes mains. Il avait raison, j'en avais besoin. Le Turc connaissait mieux que moi les difficultés du trajet. Mais même le raki ne parvient pas à tenir longtemps à distance la fatigue et le froid.

Le taxi me dépose en bas de chez moi à cinq heures vingt et je me retrouve assis à mon bureau, en compagnie d'un bout de fromage tragiquement moisi qui me demande : Pauvre crétin, qu'est-ce que tu vas faire maintenant ? À l'aube, force est de constater que la filature d'Eva Döbling est un échec retentissant et que je dois en informer mon client. À cette heure-ci ? À n'importe quelle heure, a-t-il dit.

Son téléphone sonne quatre fois avant qu'il réponde. Bizarrement, il n'a pas l'air endormi. Mon récit laisse forcément de côté quelques détails flous et se concentre sur le reste. Il m'écoute stoïquement, sans poser de question, sans m'interrompre. Après avoir avoué que je me suis endormi à l'hôtel, je lui demande un rendez-vous pour lui rendre l'avance.

— Comment va votre main, monsieur Papas ?

— Bien… enfin, j'ai un peu mal.

— Si cela continue à vous gêner, il faudra voir un médecin. Je voudrais que vous recommenciez la surveillance à partir de demain. Exactement dans les mêmes termes. Pour quarante-huit heures d'affilée.

Il a déjà raccroché. Sous mes couvertures, je me rends compte que j'ai encore oublié de lui demander son nom. Et tandis que des milliers de tasses volantes pleines de raki se mettent à danser, j'entends quelque part au loin *Du riechst so gut* de Rammstein.

À midi et demi, j'ouvre les yeux et il me faut encore une demi-heure pour arriver à me mettre debout. La brûlure est toujours aussi moche. Comme un cuisinier charlatan je remets de l'huile et du sel. Douche d'une seule main et café double. Il faut de toute urgence que je trouve quelque chose à manger et la solution de facilité m'attend derrière la porte de l'appartement voisin.

Cinq minutes plus tard, je suis affalé dans la cuisine de Mme Queneau, laquelle est déjà en train de faire frire du bacon, des oignons, des œufs, des poivrons, du fromage. L'odeur de l'omelette semble échappée d'un univers de douceur familiale à laquelle nous n'avons véritablement accès ni l'un ni l'autre.

Mme Queneau, française, veuve d'un époux allemand, résidant à Hambourg depuis cinq décennies. Chris Papas, germano-grec, célibataire, résidant à Hambourg depuis deux décennies. Mme Queneau, l'assistante de détective la plus charmante de la galaxie. Chris Papas, le détective le moins cher de la ville.

Elle s'assied à côté de moi, elle veut parler, moi je veux manger. Elle ne dit pas un mot jusqu'à ce que j'aie fini, mais regarde sans cesse ma paume brûlée.

— Accident. Je me suis renversé de l'eau brûlante.

— Où étais-tu hier toute la journée ?

— J'étais chargé d'une nouvelle affaire. Maintenant c'est fini.

J'ai déjà décidé que, malgré le souhait de mon client, je ne continuerais pas à surveiller Eva Döbling. Même si je le voulais, ma condition physique ne me le permettrait pas. Je n'ai plus qu'à lui téléphoner. Je vais lui rendre l'avance.

Dehors Hambourg s'agite, vue de haut elle donne l'impression rassurante que rien ne change, que nous pouvons suivre la même route sans discontinuer. Mme Queneau touche ma paume. Tous les soirs, nous regardons ensemble de vieux films. Non, elle ne pourrait pas être ma mère, laquelle a un époux et une maison à Berlin. Non, elle ne pourrait pas non plus être ma copine, laquelle n'existe pas.

— Qu'est-ce que tu as mis dessus ?

— De l'huile et du sel.
— Pourquoi ?
— Je pense la faire cuire. S'il te plaît… n'en parlons plus. Ça va déjà mieux. On regarde quoi ce soir ?
— *Double Indemnity*.
— Encore ?
— Billy Wilder et Raymond Chandler, encore et toujours ! Chris… quelqu'un frappe à la porte de ton bureau.

Il y a deux policiers dans le couloir de l'immeuble, devant mon appartement. Le grand en uniforme a dans les trente-cinq ans et arbore une expression soumise d'apprenti sorcier. Le sorcier en titre, petit et gros, a dans les cinquante ans et porte un blouson noir et un pantalon bleu à plis. Sur son visage rond s'étale une routine frite à la poêle avec pommes de terre et bacon.

— Sauriez-vous où se trouve M. Chris Papas ?
— Devant vous.
— Nous voudrions vous poser quelques questions… personnelles.

En traduction libre, cela signifie que nous devons passer dans mon bureau. Ils s'assoient sur les deux chaises disponibles et durant quelques secondes balaient la pièce de leur curiosité malsaine. Le sorcier se présente :

— Kurt Jansen, inspecteur de police.

Il décide heureusement d'entrer dans le vif sans prologue ni fausses politesses.

— Où vous trouviez-vous hier soir et ce matin ?
— Je travaillais et je dormais.
— Vous pouvez nous donner une explication plus précise ?
— En ce qui concerne le sommeil, je n'ai pas encore trouvé d'explication convaincante. La science elle-même a baissé les bras. Pour le reste, je pense que je suis

couvert par le secret professionnel. Si vous voulez en savoir davantage, mieux vaudrait poser des questions claires.

— Très bien. Essayons donc. Vous occuperiez-vous par hasard d'une affaire à laquelle serait mêlé un homme très âgé ?

— Qu'entendez-vous par "très âgé" ?

— Si vous l'avez vu, alors vous savez très bien ce que je veux dire.

— Son nom ?

— Nous ne le connaissons pas mais nous pensions que vous sauriez nous aider.

— Et comment, si vous ne me dites pas comment il s'appelle ?

— Monsieur Papas, nous pourrions continuer tous les deux ce petit jeu. Mais je n'en ai ni le temps, ni l'envie. Je vais donc aller au plus simple. Je vais vous montrer une photo de ce monsieur et vous me direz si vous le connaissez.

Aussitôt il sort un portable de la poche intérieure de son blouson, appuie sur deux touches et me le tend. Clair comme de l'eau de roche. Bien sûr que je reconnais l'homme sur l'écran. Il y a quelques heures, il se tenait devant moi, qui plus est sur la chaise même où est assis l'inspecteur. Pourquoi est-ce que je décide de ne pas l'avouer ? Sans doute à cause de l'onde de choc de la surprise. Sur la photographie, mon client a les yeux fermés et une expression parfaitement sereine qui ne laisse guère de doute. Soit il dort, soit il est mort.

— Alors ? Vous le connaissez ?

— Non.

— À votre place, j'y réfléchirais à deux fois. Il n'y aura pas d'autre occasion de collaborer. Vous allez nous dire à la fin qui est cet homme ?

Plus le temps passe, plus s'accélère la chute dans un puits qui ne délivrera ni noms, ni explications, ni alternatives. Si je dis la vérité, je devrai admettre avoir entrepris une surveillance pour un inconnu. Et par-dessus le marché avoir déjà accepté de l'argent de lui. Deux fautes professionnelles calamiteuses.

— Alors, monsieur Papas ? On va jouer longtemps à cache-cache ?

— Non.

— Quoi, non ?

— Le monsieur sur la photo m'est totalement inconnu.

— Vous vous engagez sur une voie glissante. Mais c'est votre droit. Peut-être avez-vous déjà deviné que nous parlons d'un mort. Maintenant il va falloir nous expliquer comment votre carte professionnelle s'est retrouvée dans sa poche.

— Un tas de cartes circulent par ici. Les miennes comme les autres. Presque tous mes clients en prennent une. Sans doute quelqu'un la lui aura donnée.

Ils se lèvent en même temps pour s'en aller. C'est le moment ou jamais de leur extorquer à mon tour une information.

— Je peux vous demander quelque chose ? On l'a trouvé mort où ?

— Pourquoi ce détail sans importance vous intéresse-t-il, monsieur Papas ? Puisque vous ne le connaissez pas.

— Il n'est pas impossible que cet endroit... soit lié à une de mes affaires. Peut-être y a-t-il une autre connexion que nous ignorons pour l'instant.

— Nous l'avons trouvé à l'Étoile du Port, un hôtel de troisième catégorie, près de la gare centrale. Plus exactement dans la chambre 107. Est-ce que cela vous rappellerait quelque chose ?

— Non. Quelle est la cause de la mort ?

— Vous posez beaucoup de questions, monsieur Papas. Beaucoup trop, surtout à propos de quelqu'un de totalement inconnu. Je vous promets toutefois que nous allons nous revoir. Et même très bientôt.

4

“Oh mich pepli gering plig in eso…” J’écoute la phrase en boucle, les lettres s’inscrivent, s’effacent et s’inscrivent de nouveau sur le papier selon différentes variantes. Jusqu’à ce que la page soit pleine de syllabes sans suite. On ne peut être sûr de rien, la voix est caverneuse, le son lointain. Après avoir exclu un certain nombre de combinaisons, j’aboutis à cette version : *“Oh mich pepli gering plig in eso…”*

Cinq mots sont identifiables de manière plausible : *Oh, mich, gering, in, eso.* “Oh”, “moi”, “un peu”, “dans”, “intérieur”. Deux autres restent totalement inconnus : *pepli* et *plig.* Ça pourrait être des noms. Mais même dans cette hypothèse, quel sens obtient-on ? Absolument aucun. Voilà exactement l’énigme que mon client a laissée sur mon répondeur. Il m’a appelé ce matin à dix heures quarante-sept, alors que mon portable était déchargé et que je dormais, pour prononcer une seule et unique fois cette phrase incompréhensible. Son ultime message.

Il est maintenant cinq heures de l’après-midi et le temps qui s’est glissé entre son appel et le moment présent commence à se transformer en une masse épaisse pleine de questions. Les policiers en ont déjà lancé quelques-unes en même temps que leurs menaces. Moi, je suis assis dans mon bureau et mon client gît désormais raide mort.

Un homme sans nom. Une filature sans explication. Une mission nocturne sans succès. Une faute sans excuse. Un message sans signification. Peut-être le mot “sans” indique-t-il la seule direction à suivre. Vers un point sans retour.

Souvent, de plus en plus souvent, le chaos provoque chez toi un sourire d'autodérision. Peut-être cette incapacité à comprendre prend-elle sa source en toi. Dans le dérèglement de tes sens, dans ton incapacité à te concentrer, dans ton aliénation innée. Au fond tu sais qu'on ne trouvera aucune explication. Le tourbillon qui t'engloutit progressivement n'a pas de forme, et tu es incapable pour ta part de lui en donner une. Tu restes assis dans ton bureau, immobile et sans volonté. Et tu te parles à toi-même. À qui d'autre ?

Après douze années d'une carrière éblouissante comme détective privé au rabais, j'ai réussi à établir un contact avec un flic. Disons que c'est le seul qui communique avec moi sans essayer de me mordre. Georg Weber travaille à Friedrichstadt, une petite ville à cent cinquante kilomètres de Hambourg. Son ventre impressionnant résulte de sa faiblesse pour la bière et les saucisses. Son extraordinaire collection d'oiseaux chanteurs résulte de sa solitude de célibataire. Son accès aux archives centrales de la police résulte de son poste d'inspecteur dans la police municipale.

À l'autre bout de la ligne, je l'entends allumer une de ses cigarettes favorites, tandis que je tente de lui expliquer ce qui s'est passé. Il exhale bruyamment la fumée de sa Schwarzer Krauser en évitant les commentaires inutiles. À la fin, il me dit seulement qu'il a besoin d'un peu de temps pour rassembler des informations sur Eva Döbling, puisque rien n'apparaît pour l'instant sur l'écran de son ordinateur. Avant de raccrocher, il me donne le second renseignement que je cherche. Orhan Nessin, cinquante-six ans, habite au numéro 38 de la Weinstrasse, à Wilhelmsburg.

Y a-t-il une vie de seconde zone ? Ou bien faut-il inventer un autre terme, plus anodin – c'est-à-dire plus politiquement correct – pour ceux qui vivent ici ? Je monte l'escalier dans le mammouth de béton brut où vit le réceptionniste turc de l'hôtel L'Étoile du Port. Des grilles massives encadrent l'extrémité des marches, les couloirs, les balcons, les esprits, tout. Des barreaux, partout des barreaux. Bien loin du Hambourg de carte postale, tout près de la fin des illusions. "Huitième porte à gauche au troisième", c'est ce qu'a murmuré le gamin qui fumait assis sur un ballon de foot dans l'entrée. La voilà, blanche, pas de nom, pas de sonnette. Je frappe.

Une petite fille m'ouvre, huit-neuf ans, avec une tresse brune. Ses yeux m'inspectent. Entre nous se dresse une autre grille, faite de barreaux et d'épais fils de fer.

— Ton papa est là ?

Elle crie quelque chose en turc, Orhan apparaît derrière elle. Il n'y a pas de surprise dans ses yeux. De la colère, peut-être, de l'indignation ou de la méfiance, mais pas d'étonnement. Orhan m'attendait.

— Dans quoi vous m'avez fourré ?

— Qui ça… nous ?

— Toi et tous ceux de la 107.

— Ils étaient combien ?

— Tu te fous de moi ? Vous avez trouvé personne d'autre à baiser ? Un pauvre couillon de Turc sans le sou ?

Il m'entraîne dans une pièce et nous nous asseyons sur ce qui doit être le lit conjugal. Une couverture rouge, quatre murs, rien d'autre. Et une photo de mariage accrochée au mur. La femme y resplendit au moins vingt ans plus tôt, quand elle ne soupçonnait pas l'apparition un jour de cette tanière dans leur vie. Et maintenant ? Des barreaux. L'avenir que tu imaginais s'effondre et tu atterris dans les trous d'une vie que tu n'as pas choisie.

Tandis que nous nous sommes isolés dans le refuge asphyxiant de la chambre à coucher, son épouse et leurs trois rejetons se trouvent dans la cuisine-salon-chambre des enfants. Orhan tient un verre de raki, fume et m'interroge les yeux dans les yeux. Mon verre est à moitié plein. J'essaie de résister à la tentation de recommencer à fumer. Le Turc mérite des explications, mais moi je n'en ai pas. Je ne lui sers que des mensonges sans vergogne.

— Il me faut un certain nombre de renseignements. Si tu m'aides… je promets de faire pareil.

— Promesses de merde.

— Que sais-tu sur la femme du 107 ?

— Eva Döbling. Elle est venue avant-hier à l'hôtel, a demandé à réserver la 107 pour le lendemain et a payé d'avance. Elle a dit que Tim, son collaborateur, arriverait le premier, vers les cinq heures de l'après-midi. Et c'est ce qui s'est passé. Le jeune type s'est pointé à cinq heures pile et elle deux heures plus tard. Toi, tu as suivi. Ils sont partis tous les deux un peu avant minuit.

— Et le vieux ?

— Il s'est présenté un peu avant onze heures le matin suivant. Ça m'a surpris, qu'il demande directement si la chambre 107 était libre.

— Est-ce qu'il a fait allusion à Eva Döbling ?

— Non. Il a juste demandé à téléphoner. Je lui ai donné une ligne à la réception et je me suis écarté. La conversation n'a duré que quelques secondes.

— Tu as entendu ce qu'il disait ?

— Je n'ai pas compris. Il a prononcé quelques mots confus et a raccroché presque tout de suite. Je lui ai demandé ses papiers et il m'a prié de le laisser d'abord s'allonger un peu. Il avait sa carte d'identité quelque part dans sa valise, il ne se souvenait plus où exactement. Il semblait sur le point de s'effondrer. J'ai eu pitié de lui et je lui ai donné la clé de la 107. À trois heures de l'après-midi, je suis allé le réveiller pour lui demander sa carte.

Orhan s'interrompt. Il s'efforce d'allumer une cigarette mais le briquet n'obéit pas à ses doigts nerveux. Il s'est mis debout et arpente sa cage. Il ne veut ou ne peut continuer. Cigarette et raki.

— J'ai frappé cinq ou six fois, pas de réponse. J'en ai eu des sueurs froides. Je sentais qu'il lui était arrivé quelque chose, j'ai couru chercher la deuxième clé. Il n'avait pas laissé la sienne dans la serrure. Malheureusement pour moi. Parce qu'ainsi j'ai pu ouvrir. Il avait attaché la corde à un anneau au plafond. Ça fait un siècle qu'ils tiennent, ces foutus anneaux, ils supportaient les vieux lustres bien lourds, ils sont costauds. Le type pendait un peu en dessous de la lampe… raide. J'ai appelé les flics et j'ai attendu là. Je ne voulais pas le laisser. Il avait l'air si seul… suspendu comme un vieil oiseau. Sans raison. Dis-moi, toi. Je veux que tu me dises. Pourquoi un homme de mille ans irait se suicider ? C'est l'âge qu'on lui donnait, et même davantage, avec la lampe qui l'éclairait juste au-dessus de sa tête.

— Avec les flics, qu'est-ce qui s'est passé ?

— À ton avis ? Comme d'habitude. Ils m'ont embarqué au poste. Ils s'égosillaient, les fils de pute. Comment ça se fait que tu as laissé une chambre à un client qui ne t'avait pas donné ses papiers ? Ils m'ont posé la question plus de cent fois, en essayant de m'effrayer avec leurs menaces à la con. Qu'est-ce que je pouvais répondre ?

Qu'on fait ça sans arrêt ? Comme s'ils n'étaient pas les premiers à le savoir, les flics.

— Comment ça ?

— Tu es con ou quoi ? Il y a tout un tas de zombies qui s'amènent chaque soir et me montrent des faux papiers. Photocopies avec des gueules qui n'ont rien à voir, passeports en papier-cul, pseudo-permis de conduire froissés venant de tous les pays d'Afrique ou d'Asie. Et moi, qu'est-ce que tu veux que je fasse ? J'inscris ce qu'ils me donnent, ce qui leur plaît.

— Alors, pour moi, qu'est-ce que tu as écrit ?

— Rien du tout. J'ai noté au crayon à papier un nom bidon et quand tu es parti je l'ai effacé. C'est un vieux truc. Toi, officiellement, tu n'as jamais logé à l'hôtel.

— Et tu t'es mis tout le fric dans la poche ? Joli bizness !

— Aah ! voilà l'heure du sermon ! Comment tu crois que nous vivons dans ce trou à rats ? Comment je nourris cinq bouches ? Avec les trente euros que le boss me file pour mes seize heures de garde au noir ? Déclarées huit heures sur le papier ? Toi aussi tu es venu pour me menacer ?

— Non… pas du tout. Simplement je demande pour comprendre si…

— Qu'est-ce que tu veux comprendre, à la fin ? Si nous sommes vivants ou bien si nous sommes déjà morts derrière le port de la bonne ville de Hambourg ?

Je me lève pour partir. Avant que j'aie le temps d'ouvrir la porte, j'entends de nouveau sa voix.

— J'ai encore une information. C'est la plus importante.

Son corps s'incline vers le sol, il est à bout de souffle. Je cherche déjà dans ma poche le billet qui convient.

— Tu crois que tu peux tout acheter ? Tu as raison. C'est comme ça que tu nous vois. Mais pour aujourd'hui, garde ton argent. Cette info, je te la donne gratis. Tu es un connard de détective privé, c'est ça ?

J'acquiesce. Il m'offre une cigarette que je prends.

— Je m'appelle Orhan.

— Chris.

— D'où ?

— Moitié Allemand, moitié Grec.

— Christos, donc. Tu te bats avec tes propres démons, hein ? Deux sangs, deux mondes.

La fumée des cigarettes entre nous. Deux sangs, deux mondes.

— Alors écoute. La femme, je l'ai déjà vue. Je n'ai rien dit aux flics, comme ça… par pure réaction. Eva Döbling était déjà venue à l'hôtel, il y a quelques mois. Cette fois-là elle était au bras d'un autre homme. Le type avait dans les soixante ans, peut-être plus. Ils m'ont demandé une chambre et je leur ai donné la 107, au hasard. Elle m'a laissé sa carte d'identité, lui a payé en liquide. Ils tremblaient tous les deux.

— Pourquoi tremblaient-ils ?

— D'amour.

— Quoi ?

— Comme je te le dis. Un truc pas fréquent. Ils s'embrassaient, se perdaient l'un dans l'autre. C'est dur de voir ça. Il fallait qu'ils se cachent au plus vite dans une piaule. Ils se fichaient pas mal de la décoration, ou de la propreté. C'est de murs qu'ils avaient besoin.

— Combien de temps sont-ils restés ?

— Pas si vite, il y a encore du chemin. La même nuit, environ une heure après, voilà que se pointe un Marocain, un Algérien, ou quelque chose de ce genre. Du gel dans les cheveux, les écouteurs sur les oreilles, les mains collées à un portable, pas plus de vingt-cinq ans. Il demande à monter directement à la 107. Le gamin ne me disait rien qui vaille mais je devais les appeler pour leur demander. Le compagnon de la Döbling est immédiatement descendu à la réception, il a pris livraison du Marocain et a jeté un billet de cent dans ma direction. Il y a des trucs que je ne comprendrai jamais.

— Oh mich pepli gering plig in eso.

— Hein ?

— Tu te rappelles si le vieux a dit quelque chose de ce genre quand il a téléphoné depuis la réception ?

— Comment veux-tu… peut-être… que ça sonnait un peu comme ça. Qu'est-ce que ça veut dire ? Et toi, comment tu le sais ?

— C'est le message qu'il m'a laissé sur mon répondeur mais je ne comprends pas ce que ça signifie.

— Je peux l'écouter ?

Assis sur le lit, nous fumons et sirotons du raki, tandis que la même phrase jaillit encore et encore de mon portable.

"Oh mich pepli gering plig in eso."

Elle semble venir de loin et le sens file entre les syllabes. Mais il ne nous vient pas une seconde à l'idée qu'il s'agit d'une énigme que nous ne devons à aucun prix déchiffrer.

5

La nuit couvre les bâtiments telle une mère ses enfants difformes, et moi j'erre dans les rues de Hambourg en fumant la dernière cigarette d'Orhan. Ce n'est pas tant son insistance qui m'a poussé à la prendre que la vue de sa famille. Ils étaient tous assis autour d'une table en plastique blanc et les enfants me regardaient comme si j'étais un personnage important, un de ceux qui ont le pouvoir de changer le cours des choses. Sa femme bien sûr devinait déjà leur erreur et mon futur échec. Je suis parti aussi vite que possible, la cigarette entre les doigts.

Il est plus de dix heures quand je rentre à la maison. Le changement de pansement fait apparaître un cercle violacé qui ne ressemble plus à une brûlure mais à une tache de naissance. Il se passera du temps avant que je découvre sa signification.

Par chance, les flics n'ont rien su de ma visite à l'Étoile du Port, Orhan en ayant effacé toutes les traces. Je suis totalement absent du registre de l'hôtel. Eva Döbling, en revanche, y figure. Je suis hanté par l'image des deux amants enlacés avec passion faisant irruption dans ce taudis. Ils courent se réfugier dans la 107 et un peu plus tard un type de vingt-cinq ans vient se joindre au couple fébrile. Pour y jouer quel rôle, exactement ? Les réceptionnistes ne sont pas réputés pour leur imagination romantique, ce qui peut se comprendre. Les gens qui grimpent dans ces chambres le font rarement pour déclamer du Lorca. Et pourtant la vision qui se forme devant moi conserve une certaine pureté. Rien n'est plus familier que l'odeur de la fièvre humaine.

Un peu après minuit je me retrouve allongé sur le canapé de Mme Queneau, tandis que *Double Indemnity* défile sur l'écran de télévision. Un assureur qui a mis au point le crime parfait tombe lui-même dans le piège parfait, c'est-à-dire les rets de l'amour. Je somnole à moitié quand j'entends la sonnerie de mon portable. Le règlement tacite entre immédiatement en application : Mme Queneau met l'image sur pause et moi je réponds à Georg Weber.

— Dans quelle région de Grèce as-tu vécu ?

— Dans le Péloponnèse. Tu me téléphones à deux heures du matin pour me demander ça ?

— C'est une île ?

— Pas exactement. Mais comment sais-tu qu'il y a le mot “île” dans “Péloponnèse” ? Tu parles grec ?

— J'ai appris quelques mots à l'école. J'essayais de convaincre une Grecque qui était dans ma classe que je ne m'intéressais pas qu'aux saucisses. Alors pourquoi on l'appelle “l'île de Pélops” si ce n'est pas une île ?

— Il est tard et c'est une longue histoire.

— La Grèce est pleine de longues histoires. Tu as passé ton enfance dans quelle ville du Péloponnèse ?

— À Aigion. Cet interrogatoire va durer encore longtemps ?

— Cet… Aigion, je ne le trouve nulle part. Peut-être que je ne l'écris pas comme il faut. Tu as entendu parler d'un village qui s'appelle Bouka ?

— Oui, c'est dans le coin.

Silence. Weber allume une cigarette et souffle la fumée. Toujours le même rituel. Quelque chose le tracasse, quelque chose ne lui plaît pas. J'attends qu'il se décide à lâcher le morceau. Ça ne tarde pas.

— Écoute, Chris, les policiers qui s'occupent de l'affaire commencent à en avoir marre de toi. Tu leur caches tout un tas de trucs.

— Comme par exemple ?

— Ne joue pas les idiots, du moins pas avec eux. Bon, d'après ce que j'ai pu trouver, il y a quelques années, Eva Döbling travaillait à Hambourg comme secrétaire dans un cabinet d'avocats. En 2012, elle a déménagé à Berlin et depuis elle fait de l'intérim ou bien elle pointe au chômage.

— Pourquoi tu m'as demandé où j'avais passé mon enfance en Grèce ? Quel rapport ça a ?

— Depuis un an Eva Döbling déclare être domiciliée en Grèce. Elle habite dans ce village. À Bouka. Sans adresse, juste Bouka.

— *"Where the streets have no name…"*, comme dit la chanson. Souvent, dans les villages grecs, les rues n'ont pas de nom.

— Ça a l'air charmant.

— C'est charmant.

— Eva Döbling doit être du même avis, parce qu'elle y va ce soir. Elle a pris le dernier vol pour la Grèce, il y a juste trois heures.

Dans la forêt des coïncidences erre un homme dont les mains ne tiennent aucun fil. La lumière va décroître, des oiseaux étranges vont se mettre à croasser et le labyrinthe va l'attirer vers son centre. Je voudrais parler à cet homme mais je ne peux pas. Sans doute parce que c'est moi.

Je fais mon sac tandis que Mme Queneau prépare des sandwichs et du café pour la route. La lumière maussade du petit matin nous enveloppe. Le vol que j'ai réservé une heure plus tôt sur internet décolle à sept heures quarante-cinq.

6

Le vol dure plus de trois heures, mais impossible de dormir. Nous glissons sur la piste d'atterrissage, des étendues de terre surgissent à droite et à gauche, inondées de lumière méridionale. Je suis les panneaux indiquant la sortie quand mon portable sonne.

— Inspecteur Kurt Jansen, nous nous sommes rencontrés hier à votre bureau. Je vous appelle depuis les services centraux de la police à Hambourg. Je dois vous annoncer que nous procédons aujourd'hui à la révocation de votre licence professionnelle.

— Pourquoi ?

— Vous pouvez déposer un recours. Quoi qu'il en soit, et jusqu'à la publication de la décision contraire, vous n'avez plus le droit d'exercer le métier de détective privé. Vous recevrez dès aujourd'hui un document contenant les motifs circonstanciés qui...

— Je ne recevrai rien du tout car je ne me trouve pas en Allemagne.

— Où vous trouvez-vous, monsieur Papas ?

— Je préférerais que vous m'expliquiez d'abord pourquoi vous me retirez ma licence.

— Vous nous avez dissimulé des informations importantes. Vous avez enfreint la loi. Vous ne voulez même pas révéler le nom de votre client décédé.

— Le défunt n'était pas mon client.

— Ah non ? Alors pourquoi a-t-il laissé un message sur votre répondeur depuis l'hôtel L'Étoile du Port ? Et qui plus est, juste avant de se suicider ? La technologie a toujours le dernier mot, monsieur Papas.

— Contre qui ?

— Contre vous. Nous avons analysé la ligne téléphonique de l'hôtel et devinez où elle nous a conduits ? À votre portable et à votre répondeur.

— Autrement dit vous ne connaissez toujours pas l'identité du mort.

— Non. Vous, par contre, vous le connaissez, ainsi que le sens de son message. Mais nous allons bientôt le découvrir nous aussi.

— Je n'ai pas la moindre idée de qui est cet homme. Quant au message… oui, je l'ai écouté, mais il n'a absolument aucun sens.

— Si vous ne pouvez pas le comprendre, alors pourquoi vous l'a-t-il laissé à vous ? Comment pourrais-je vous croire ? Vous avez cependant une dernière chance de collaborer avec nous, ce qui vous permettra peut-être d'éviter la révocation définitive de votre licence professionnelle. Il suffirait que vous consentiez à la levée du secret sur l'ensemble de vos appels. Si vous dites la vérité, vous n'avez rien à craindre.

— Non, je m'y refuse. Surtout maintenant que vous avez écouté le message sur mon répondeur.

— L'appel a été effectué à partir du téléphone de l'hôtel et nous avons déjà obtenu leur assentiment. Je comprends votre trouble, mais les choses vont empirer. Nous n'acceptons pas que vous vous moquiez de nous.

— Je ne me moque pas de vous.

— Alors dites-moi au moins où vous vous trouvez.

— Au soleil.

Une fois qu'ils auront obtenu la levée du secret sur ma ligne téléphonique, ils entendront mon dialogue avec mon client après l'échec de ma filature nocturne. Et alors je serai plongé jusqu'au cou dans le merdier bureaucratique. Dans lequel, d'ailleurs, je suis déjà en train de nager.

Je prends un bus devant l'aéroport et le chauffeur me conseille d'aller jusqu'au terminus. Sous un soleil implacable se déroule une masse grise uniforme d'immeubles désespérants, d'antennes de télévision et de rues embouteillées. Le trajet dure une éternité. Nous nous arrêtons au fond d'une monstrueuse forteresse en ciment où le nuage de pollution des gaz d'échappement bat en continu des records mondiaux. Un fumeur de cigare forcené confirme que c'est bien la gare routière pour le Péloponnèse. Je parviens à respirer et à prendre un billet pour Aigion.

Mme Queneau répond immédiatement au téléphone.

— Des policiers vont venir. Tu ne dois accepter aucun papier pour moi. S'ils posent des questions, tu ne sais pas où je suis.

— Que dit le papier ?

— Que la technologie a toujours le dernier mot.

— Contre qui ?

— Contre les gens.

— Comment ça va, en Grèce ?

— Qu'est-ce que j'en sais ? Ça ne fait qu'une heure que j'ai atterri. C'est sale… avec beaucoup de soleil.

— Ça va ensemble, non ?

L'autocar pour Aigion finit par arriver et un vieux me demande d'enfourner sa valise à côté de mon sac à dos tout au fond des entrailles du véhicule. Je trouve la minuscule place numéro 32 et il apparaît immédiatement que je n'ai pas la bonne taille. Je m'efforce consciencieusement de m'asseoir tout en me demandant si je ne devrais pas me couper vingt ou trente centimètres de jambe. Comme si cela ne suffisait pas, quelqu'un décide de venir se tasser sur le siège voisin.

Texto de Mme Queneau. Les flics viennent de passer à mon bureau, ils ont sonné et pour finir ont glissé une enveloppe sous la porte. Manifestement la perte de ma licence de détective privé est désormais officielle.

Mon voisin, avec qui je me trouve déjà quasiment enlacé, prend une soudaine initiative. Plutôt que de me demander en mariage, il cherche à engager la conversation.

— Tu vas à Patras ?

— À Aigion.

— Tu es de là-bas ?

— Non… c'est-à-dire… des parents éloignés…

— Tu t'appelles ?

— Christos.

— Costas. Ton nom de famille ?

Si ça continue à ce rythme, dans deux ou trois minutes je vais être obligé de lui décrire ce que j'ai ressenti la première fois que j'ai pratiqué le sexe oral. Comme ma réponse tarde, il fait légèrement machine arrière.

— Pardon pour mes questions.

— Ça fait des années que j'habite en Allemagne et…

Apparemment j'ai commis un des sept péchés capitaux en prononçant le mot qui précipite dans les cercles de l'enfer : Allemagne. Un nouveau tsunami de questions éclate au-dessus de moi : Où habites-tu ? Quand es-tu arrivé ? Pourquoi es-tu tout seul ? Tu n'es pas marié ? Pourquoi ? Quand es-tu parti ? Et toutes ces années, qu'est-ce que tu as fait là-bas ? Tu as essayé de revenir ? Ton pays ne t'a pas manqué du tout ? Quel est ton métier ?

La vague balaie tout sur son passage. Je m'efforce de m'en sortir par des monosyllabes, des silences et des sous-entendus, mais aucune réaction n'est capable d'enrayer la mécanique. La véritable raison de ce soudain intérêt ne tarde pas à se faire jour : il veut me louer un logement à Aigion. Suivent une foule d'arguments imparables : il y a très peu d'hôtels dans le coin, leurs chambres sont sinistres et isolées, sans cuisine ni chaleur humaine. Et surtout leurs tarifs ne peuvent concurrencer son offre à lui.

— Deux cent cinquante euros par mois.

Je ne réponds pas.

— Deux cents euros.

— Mais je ne vais pas rester un mois entier.

— Cent cinquante et tu restes le temps que tu veux, nous te ferons même la cuisine, nous habitons à l'étage en dessous, tu nous appelles quand tu veux, aucune obligation… mais cent cinquante euros, c'est une super occasion… café compris et même un petit coup de vin… Cent cinquante euros, je te dis.

J'évalue mentalement l'argent que j'ai dans mes poches. Il est vrai que sans l'avance de mon client mort je ne serais pas là. Le détective le moins cher de Hambourg dans le logement le moins cher d'Aigion.

— Bon, je viendrai faire un essai, finis-je par lancer en direction de mon voisin.

Il me regarde bouche bée puis son corps retombe sur le dossier de son siège, épuisé par le combat qu'il vient de remporter. Il reprend son souffle, sans parvenir à croire lui-même que j'ai accepté sa proposition.

Le car a brusquement quitté l'autoroute. Signaux lumineux imprévisibles, déviations subites, virages ridicules, panneaux routiers traîtres, asphalte fait de pièces et de morceaux, tout ce mélange danse devant nous. Cette partie du trajet dure plus d'une heure, semblant sortie tout droit d'un jeu vidéo doté d'un sens pervers de l'humour.

À quatre heures et demie de l'après-midi, mon sac sur le dos, je suis Costas dans les rues étroites d'Aigion.

Il me semble que la ville a très peu changé. Une fois le but atteint, il m'est impossible de dissimuler ma stupéfaction. Nous sommes arrivés à Agios Andreas, dans le quartier où a vécu, a vieilli et finalement est mort mon père. Ainsi que le père de mon père. Et qui sait combien d'autres de mes parents. Nous nous trouvons très précisément dans la rue Agiou Andreou quand Costas sort ses clés pour ouvrir la porte d'entrée d'un bâtiment blanc à un étage.

— Entre !

Je ne bouge pas.

— Qu'est-ce que tu attends ?

Je reste figé sur place.

— Nous sommes arrivés chez moi !

Je regarde la rue qui se poursuit et disparaît au-delà du prochain tournant.

Une fois franchie la porte unique de l'étage, nous sommes accueillis par une odeur de cuisine ainsi que par une table, trois chaises et le dernier exemplaire existant d'une télévision d'époque paléolithique. Depuis le fond de l'appartement une voix de femme croasse faiblement quelques mots incompréhensibles.

— Je t'en prie, je t'en prie, pas maintenant, répond Costas d'un air vaincu.

Quelques secondes de trêve s'écoulent puis je distingue une silhouette de femme qui s'efforce de se lever de son lit au bout du couloir. Nous restons dans la cuisine tandis qu'elle s'approche lentement. Son visage décrépit sourit, tourné exclusivement vers moi. La ressemblance parfaite aboutit au même menton anguleux. C'est la mère de Costas.

— Je voulais simplement te voir. Sois le bienvenu, mon garçon.

— Bonsoir, je…

— Ne te lève pas ! Reste assis. Tu arrives de voyage et tu dois d'abord avaler quelque chose. Nous te remercions pour ton bienfait.

Elle disparaît plus rapidement qu'elle n'était apparue. Pourquoi m'a-t-elle remercié et de quel bienfait parlait-elle ? Costas sert deux assiettes de lentilles, une de salade, du pain, du vin rouge. Heureusement, nous nous réfugions rapidement dans le silence. Les lentilles se révèlent meilleures que la salade, le vin meilleur que les lentilles et le pain meilleur que le vin. Noir, dur, avec le parfum oublié d'une autre époque.

— Ma mère fait encore son propre pain, dit Costas, comme s'il lisait dans mes pensées.

Devant la porte d'entrée, il me donne les clés de la maison. L'indécision lui pend autour du cou et l'étrangle. Il veut me demander quelque chose et ne trouve pas la manière de le tourner. De mon côté, j'ai une question toute prête.

— Costas, comment je fais pour aller à Bouka ?

— Tu veux dire à Kamarès ?

— À Bouka, plus précisément.

— Bouka est comme qui dirait la plage de Kamarès. Mais elle est à deux kilomètres environ du village. Il y a un bus qui passe toutes les heures. Je suppose que tu ne vas pas à la plage.

— Est-ce que quelqu'un loue des vélos ici ?

— Qu'est-ce que tu veux faire d'un vélo ?

— Je vais faire le Tour de France.

— Quoi ?

— D'accord, j'en ai besoin pour aller à Bouka.

— Tu es fou ? C'est au moins à dix kilomètres et on est en plein hiver.

— Moi, le temps me paraît très bien. Est-ce que quelqu'un loue des vélos ?

— Non, mais j'en ai un dans ma cave qui appartient à mon neveu. Je peux te le prêter si tu veux. Écoute… je voudrais à mon tour te demander… un service. Est-ce que tu pourrais me payer le loyer d'avance ?

Il a besoin d'argent et depuis tout ce temps il n'osait pas le dire. Je lui donne cent cinquante euros et j'encaisse trois mercis. Je trouverai le vélo au pied de l'escalier, mais je ne dois pas le laisser dehors, sinon je me le ferai voler.

La nuit tombe sur la rue Agiou Andreou. Parfois le passé se réveille et vient se planter devant le présent. Ils échangent des regards méfiants mais ouvrent rarement la bouche.

7

Les ombres, le contour des objets, le calme catatonique de l'endroit ne me rappellent rien. C'est mieux ainsi. Le prolongement de n'importe quel rêve est préférable au souvenir des murs. Dans la lumière cendreuse de l'aube, la chambre inconnue semble avoir surgi d'un coin oublié du temps.

Dans la cuisine, je trouve un bocal avec du café grec mais ni sucre ni lait. Devant l'unique porte-fenêtre se dresse un immeuble qui anéantit le monde. Vingt-deux marches plus haut, derrière la porte de la terrasse, un lac de ciment recouvre le bâtiment. Le soleil n'est pas encore levé. Des toits de maisons, quelques sommets d'arbres et un ciel sans nuages ni étoiles, aussi nu que le roi. Je bois mon café là-haut.

Costas a laissé le vélo au rez-de-chaussée, à côté de la porte d'entrée. Sur son cadre rouillé est inscrit – manifestation d'humour noir ou publicité désespérée : *Magic Mountain Bike*. Accompagné par la complainte monotone de la chaîne, je suis la rue Agiou Andreou. Après les dernières maisons, le spectacle m'arrête : le golfe de Corinthe s'étend vers l'ouest jusqu'au fond de l'horizon, à perte de vue. Voilà enfin quelque chose qui a du sens. Ou plutôt quelque chose qui n'a pas besoin d'avoir du sens.

Au cours de la demi-heure qui suit trois voitures frôlent mon vélo, le conducteur décidant cependant au dernier moment de me faire grâce de la vie. J'ai chaque fois un peu plus de mal à me persuader que celui qui est assis derrière le volant n'est pas complètement aveugle ou totalement imbécile. La deuxième option ne cesse de gagner des points.

Curieusement, le trajet jusqu'à Kamarès se termine sans effusion de sang. Je suis accueilli par des quilles en plastique, des lignes blanches, des tiges de fer, du ciment éventré, des ouvriers affairés et de graves observateurs la cigarette au bec. Ils ont mis en place une circulation alternée, parce qu'ils construisent la nouvelle route nationale en partant de l'ancienne, c'est-à-dire qu'ils reconstruisent ce qu'ils viennent de démolir. J'essaie de tirer quelque chose de leurs explications confuses. Un pont est en suspens au-dessus de nos têtes – à la fois démoli et en cours de construction, double, fatigué, de nouveau dans les limbes, profondément surréaliste.

Bouka est maintenant à deux kilomètres. Un moustachu me montre la bonne direction tout en caressant sa crinière. Au bout de cinq minutes de descente en roue libre j'arrive à un croisement. Je tourne à gauche et vois bientôt apparaître un bout de plage. Des toits de maisons au loin semblent indiquer que Bouka se trouve plutôt dans l'autre direction. J'atteins rapidement le point zéro, au-delà duquel il n'y a plus de passage au sec. Il me faut enlever mes chaussures pour entrer dans la mer. L'eau ne monte pas plus haut que les chevilles, mais même comme ça elle réveille toutes mes cellules. Lorsque la plage réapparaît et s'élargit de nouveau, je m'assieds sur des rochers. À quelques mètres de là un vieil homme frotte avec du papier de verre la barrière en bois de sa clôture.

— Tu t'es perdu ? Quand il y a de la houle, c'est difficile de passer par là. C'est la première fois que tu viens au village ?

— Comment s'appelle-t-il ?

— Bouka.

— Je cherche une amie allemande. Eva Döbling. On m'a dit qu'elle avait une maison ici.

— Non.

— Autour de quarante ans… blonde. Peut-être que vous ne la connaissez pas.

— Je connais tout le monde. Elle habite peut-être chez quelqu'un d'autre, mais elle n'a pas de maison à elle. Il y a le couple de Grecs d'Australie, un Suisse et deux Françaises. Ce sont les seuls étrangers. Plus une dizaine d'Albanais. Je t'offre une petite eau-de-vie ?

— Non… non merci.

— Attends, tu ne vas pas partir à sec alors que c'est la première fois que tu viens par chez nous. Je vais chercher la bouteille et on boit un coup vite fait bien fait.

Deux minutes plus tard, nous voilà debout le verre à la main de part et d'autre de la barrière en bois. Il est obligé de la décaper soigneusement tous les trois ans avant de la repeindre. La mer attaque tout. Tout. Il dit ça avec insistance comme s'il s'agissait du plus grand secret qu'on puisse apprendre dans cette vie. Peut-être qu'il a raison.

La plage continue vers le nord, formant une pointe qui pénètre avec hésitation dans la mer. Je commence à être fatigué de tirer mon vélo et me sens engourdi par l'alcool. Comment Eva Döbling a-t-elle pu acheter une maison ici sans que le grand-père en ait connaissance ? Un instant j'ai l'impression que je ne suis pas venu pour la chercher. Est-ce que je suis venu pour tremper mes pieds dans la mer ? Ou bien est-ce que je suis arrivé jusqu'ici pour me demander pourquoi je suis arrivé jusqu'ici ?

Le deuxième type que je rencontre est en train de pêcher. En m'approchant, je m'aperçois que le bruit horrible que j'entends soudain provient de son téléphone portable.

— Oui ?… Où ?… Quoi ?… Quand ?… Oui… Oui… Tout de suite… J'arrive.

Le pêcheur a fini de parler et me regarde d'un air interloqué. Il est clair qu'il a la tête ailleurs et ne sait que faire de moi.

— Si tu peux, ramasse la canne à pêche et mets-la là-bas. Moi, je dois y aller, il est arrivé quelque chose de grave.

— Quoi donc ?

— Quelqu'un est en danger sur l'eau.

— Je peux venir moi aussi ?

Il fait signe que oui, j'abandonne le vélo à côté de la canne à pêche et nous nous mettons à courir.

Des branches et des feuilles débordent sur la chaussée et obstruent la plus grande partie de la petite route sinueuse. Dimitris conduit vite, tenant le volant d'une main et utilisant son portable de l'autre, mais visiblement personne ne répond à ses appels. Au bout de dix minutes, nous laissons la voiture pour descendre un sentier abrupt qui aboutit à un rocher. En dessous, il n'y a plus que l'eau. La montagne qui se dresse derrière nous a décidé quelques centaines de milliers d'années plus tôt de se jeter directement dans la mer.

Une barque blanche en bois, de cinq mètres de long environ, s'approche de nous et ralentit. Sans prévenir, Dimitris se met en équilibre au bord du rocher et saute à l'intérieur. Le pilote, intégralement couvert d'un ciré jaune, me demande ce que je fais. Sa voix couvre le râle du moteur diesel. Je m'avance avec précaution jusqu'à l'extrémité du rocher. L'eau a une teinte grise d'une indicible tristesse. J'atterris sur le plancher de la proue et manque d'être emporté par mon élan, mais une main jaune me retient.

Notre voyage ne dure que quelques minutes. Un type debout sur un ponton en bois nous fait des signes. Le pilote l'interpelle :

— C'était un être humain ?

— Oui. À une vingtaine de mètres… dans cette direction. Il y a un terrible courant vers le sud.

— Appelle la police du port.

— C'est fait.

Au début j'ai l'impression que nous allons au hasard. En mer, on perd facilement le sens des distances et de l'orientation. Il me faut un certain temps pour réaliser que nous tournons en fait systématiquement autour d'une certaine zone. Postés en différents points de la barque, nous scrutons tous les trois en silence les étendues aquatiques vides.

La vedette de la police du port fait son apparition au bout d'une demi-heure. Ils s'approchent de nous pour échanger quelques mots avec le pilote de la barque. Ils se connaissent manifestement. D'un geste circulaire, celui-ci indique la région que nous nous efforçons de couvrir depuis un moment. Ils s'éloignent et commencent à décrire un cercle autour du nôtre.

Tout à coup le bateau de la police quitte sa trajectoire régulière et se dirige rapidement vers un point situé assez loin de nous. Ils ont repéré quelque chose. Dès que nous arrivons près d'eux, ils nous font signe de nous arrêter. Ils ont déjà lancé un filet pour retirer quelque chose de l'eau. Le temps s'écoule avec une lenteur exaspérante, tandis que nous sommes réduits au rôle de simples spectateurs. Les cigarettes dans nos mains s'élèvent et s'abaissent tels les pistons détraqués d'une machine en panne d'énergie et d'originalité.

Ils ont pêché un cadavre. Après un certain nombre de tâtonnements et de calculs, ils commencent à soulever le filet hors de l'eau. Les courants nous ont rapprochés d'eux. Ils tirent le filet avec précaution et pour finir deux hommes saisissent le corps inanimé par les jambes et les bras. Le mort porte une combinaison de plongée bleue et, comme ils s'efforcent de le déposer sur le pont, son visage se tourne par hasard vers notre barque. Le noyé que la police du port vient juste de retirer de l'eau est Eva Döbling.

8

La vedette de la police s'éloigne en labourant la mer derrière elle. Quelques secondes plus tard toute trace d'elle a disparu et on n'entend plus que le faible clapotement des vagues. Eva Döbling se trouve déjà loin, sans que j'aie jamais pu lui parler. Nous disparaissons nous aussi, tel le sillage à la surface de l'eau, tandis que quelques mots résonnent sourdement – les paroles que nous n'avons pas eu le temps d'échanger.

Après nous avoir déposés sur le même rocher que tout à l'heure, le pilote de la barque continue sa lente progression et finit par s'effacer à son tour. Il n'est pas encore midi mais le programme de la journée qui se déploie devant nous est fixé d'avance. Nous sommes convoqués par la police du port pour faire notre déposition. Aucun moyen d'y échapper. Si je décide de ne pas y aller, mon sort sera vite réglé. Les flics grecs vont commencer à enquêter sur moi, ce que je ne veux à aucun prix.

Après un court trajet de deux kilomètres en direction de Patras, Dimitris tourne brusquement le volant de sa voiture vers la droite. Sur la route à moitié défoncée que nous suivons, les racines des pins ont soulevé et cassé le bitume. Leurs doigts bruns saillent à la surface, enchevêtrés comme des poings se révoltant contre l'uniformité humaine.

Dimitris parle d'une voix fatiguée, quasi hypnotique. Cette portion de route n'est plus utilisée, en fait, depuis quarante ans. Mais alors où aboutit-elle ? Nulle part. Autrefois elle faisait partie de la route nationale, puis les plans ont changé, des déviations ont été installées, un nouveau tracé a été décidé, et l'ancien segment est tombé en désuétude. Plus nous avançons, et plus l'asphalte se soumet au règne verdoyant de la végétation. Dimitris arrête le moteur et m'offre une cigarette.

— Nous allons attendre Stelios ici. Sa maison se trouve dans la pinède.

— Et la barque ?

— Il l'amarre dans une crique plus bas. Il sera peut-être un peu en retard, parce qu'il a l'enfant.

Un certain temps et pas mal de cigarettes plus tard, Stelios fait son apparition. Il a troqué son ciré jaune contre un jean et un blouson militaire déteint. Durant le trajet vers Aigion, je demande s'ils connaissent la noyée. Non, ils n'ont pas la moindre idée de qui ça peut être. Quelque chose dans mon accent, peut-être, pousse Stelios à me demander d'où je viens. En entendant le mot "Allemagne", ils se tournent tous les deux vers moi. Heureusement, personne ne pousse plus loin la conversation. Un silence bienfaisant s'installe dans la voiture, bientôt brisé par un officier de la police du port, avec une chemise blanche sale et des dents noires plus sales encore.

Ils m'ont poussé le premier dans le bureau du capitaine du port. La chaise grince sous son poids et ses questions rappellent celles d'un perroquet débile mental.

Nom et prénom ? Âge ? Domicile ? Nationalité ? Les deux ? C'est-à-dire que vous avez deux nationalités ? Comment est-ce possible ? C'est légal ? Et qu'est-ce que vous êtes venu faire ici ? Quoi donc ? Du tourisme ? En plein hiver ? Vous ne plaisantez pas, vous êtes sûr ? À Aigion ? Comment connaissez-vous les deux autres personnes ? Quoi ? Vous les avez rencontrées aujourd'hui ? Comment est-ce possible ? Qu'est-ce que vous me racontez ? Vous faisiez du vélo ? Pourquoi ? Et qui vous a donné ce vélo ? Quel lien avez-vous avec lui ? Aucun ? Mais alors pourquoi habitez-vous chez lui ? Relations amicales ? Depuis combien d'années êtes-vous amis ? Et vous voulez que je vous croie ? Quel travail faites-vous exactement en Allemagne ?

Je tarde à répondre à cette dernière question. J'ai failli lancer par automatisme "détective privé", mais au dernier moment je m'abstiens. Cela attirerait leur attention, et nous repartirions pour une série de questions idiotes. Il y a une autre raison qui me retient. Je ne suis plus détective privé, puisque ma licence m'a été retirée. Mais alors qu'est-ce que je suis ?

— Barman ?

— Oui, je travaille dans un bar à Hambourg.

— Bon, alors je vais écrire "employé". Vous connaissiez la morte ?

— Non.

— Comment pouvez-vous en être si sûr alors que vous ne l'avez pas vue de près ? Vous, en Allemagne, vous croyez toujours tout savoir.

Tout heureux, il se rengorge, tandis que la malheureuse chaise proteste. Le capitaine du port se sent maintenant pour le moins cousin germain de Socrate.

— Nous n'étions qu'à cinq ou six mètres de l'autre embarcation lorsqu'ils ont retiré le corps. Son visage m'était inconnu. Du reste je connais très peu de gens ici dans la région. Je n'avais jamais vu cette femme.

— Vraiment… pourquoi avez-vous choisi Aigion ? Nous ne faisons pas partie des zones touristiques, surtout l'hiver.

— Je vais faire le tour du Péloponnèse.

Je finis par réussir à m'extirper de son bureau et c'est au tour de Dimitris de répondre à ses milliers de questions. Dans la salle de la capitainerie s'entassent, assis à leurs bureaux, six bonshommes qui nous regardent comme si nous étions des pestiférés. Je sors avec Stelios et nous nous installons au sommet de l'escalier en colimaçon en attendant que ce soit son tour de faire sa déposition. Il me demande où je travaille.

— Barman, je murmure.

Il fait une grimace indéfinissable qui disparaît dans sa barbe épaisse. Au moins, je ne suis plus un fumiste à ses yeux.

Juste derrière le port se dresse la ville, amphithéâtre où la vanité humaine grimpe de plus en plus haut. Je me rappelle les soirées au cinéma en Allemagne, en compagnie des films d'Angelopoulos. Éparses dans ses œuvres-poèmes, de nombreuses scènes ont été tournées à Aigion. Elles faisaient chaque fois naître en moi les mêmes questions. Pourquoi la beauté de l'endroit disparaissait-elle toujours dans mes ternes souvenirs d'enfance ? Comment avait-il pu filmer si nettement quelque chose que je n'avais jamais vu ?

Ici, donc, devant le lugubre bâtiment de la capitainerie, Angelopoulos, mort désormais, s'éveille une fois encore. Son regard a transpercé la dure coquille, la laideur a été vaincue. Ne fût-ce qu'un instant. Qui durera une éternité.

Les formalités sont achevées et nous retournons à la voiture.

— Vous pouvez me laisser à Bouka ? Il faut que je récupère mon vélo.

— On ne va pas à Bouka maintenant. On a rendez-vous.

— Avec qui ?

— Avec la noyée, à la morgue. Les policiers de la capitainerie nous l'ont demandé. On doit déclarer si on la reconnaît ou pas.

Eva Döbling nous attend patiemment dans un sous-sol de l'hôpital. Nous sommes obligés de poireauter quarante minutes à l'extérieur. Le cousin de Socrate se présente enfin et entre le premier. L'impatience me submerge, à croire qu'elle goutte du plafond. L'employé de l'hôpital soulève le drap.

Bleue. Toute bleue. Il n'y a aucune autre couleur, la mer a imbibé Eva. Ses lèvres, ses paupières, son cou, ses mains, ses chevilles et la plante de ses pieds, tout est teint de la même substance bleue indélébile. J'essaie en vain de repérer des écorchures, des meurtrissures ou une quelconque trace de lutte. Il n'y a pas le moindre indice de violence sur elle. L'expression d'allégresse surnaturelle dont son visage est empreint ne dit pas autre chose.

Le capitaine du port enregistre nos dénégations successives, aucun de nous trois ne reconnaît la morte. C'est la seconde fois en quarante-huit heures que je fais une déposition mensongère. D'abord à la police allemande et ensuite à la police des ports grecque. Où l'absurdité la plus pure va-t-elle cependant se nicher ? Dans les deux cas, le mensonge constitue une part de la vérité puisque, en réalité, je ne sais ni quel est le nom de mon client défunt, ni qui est Eva Döbling.

Je n'ai plus aucune envie de retourner à Bouka. Dimitris et Stelios proposent de m'emmener en voiture, je refuse, ils me disent alors que la ville est assez loin de l'hôpital. Encore mieux. Je les salue et, dans les dernières lueurs du jour, je suis la route qui descend vers le centre.

Les contours blancs du cimetière apparaissent de manière inopinée. C'est là que mon père est enterré.

Au-delà du portail d'entrée, le golfe de Corinthe sépare la Grèce continentale du Péloponnèse, tels deux êtres qui se sont follement aimés mais se sont finalement repoussés violemment lors d'un adieu définitif. Je vois en imagination les morts se lever la nuit de leurs tombeaux, secouer la terre de leurs vêtements et sauter légèrement par-dessus le mur du cimetière. Ils restent parfaitement silencieux et en extase, comme tous ceux qui voyagent sur l'autre rive pour fêter la mort.

Mon errance entre les monuments de marbre s'achève devant le tombeau familial. Une liste de noms successifs : des grands-pères, des grands-mères, des frères et sœurs, des époux, des enfants, des oncles et tantes, un cousin et mon père. Certains d'entre eux, lorsqu'ils étaient en vie, ne s'adressaient pas même la parole. C'était un affrontement permanent de regards furieux, de puissants égoïsmes et de frustrations vulgaires. Maintenant qu'ils sont tous entassés là-dedans, ces histoires sont oubliées. Allongés les uns sur les autres, ils attendent la venue du prochain trouble-fête.

À sept heures du soir, j'entre dans l'appartement de la rue Agiou Andreou, mais je n'ai même pas le temps de boire un verre d'eau. On frappe à la porte. Costas me suit dans la cuisine. Il devine que ma journée s'est mal passée et je devine la même chose à son propos.

— Le vélo ?

— Je le rapporterai demain.

— Tu l'as laissé dehors ? On va se le faire piquer.

— Si on le vole, je te le rembourserai.

— En parlant d'argent… est-ce que tu aurais un peu de monnaie ?

— Je ne t'ai pas donné le loyer hier ?

— Un billet de dix, mon vieux… pour l'épicier.

— Et les cent cinquante ?

— J'ai joué et j'ai perdu… putain de malchance. Si tu ne veux pas, ne donne rien.

Je pose un billet de vingt euros sur la table, qui disparaît comme par magie. Mon regard bute de nouveau sur l'immeuble d'en face. Souvent je rêve que tous les monstres de la planète vont s'effondrer. Et qu'est-ce qu'il restera ? Les nids dans les arbres, les murmures des amants sur les plages, le reflet de la lune, la terre mouillée.

— Tu as déjà mangé, Christos ?

— Non, rien du tout.

— Moi non plus. Ne bouge pas, je fais réchauffer les lentilles d'hier.

Costas entreprend de préparer mon second repas en Grèce. Ce n'est pas le "jour de la marmotte", comme dans le film *Un jour sans fin*, mais le soir des lentilles. Et moi qui en Allemagne n'en mangeais jamais, parce que je croyais que je n'aimais pas ça.

Le lendemain matin j'arrive à Bouka à onze heures et quart. Auparavant il y a eu la demi-heure de trajet en bus suivie d'une demi-heure de marche à pied. Un vent déchaîné souffle et les vagues vont se briser bien au-delà de l'endroit où j'avais laissé la bicyclette. Tous mes efforts pour la retrouver se révèlent infructueux. Je suis d'autant plus dépité qu'il va falloir que je retourne à Kamarès de la même manière, c'est-à-dire à pied. Et une fois accomplie cette marche de deux kilomètres, c'est le bus pour Aigion qui m'attendra, avec ses odeurs de désodorisant toxique et de gaz d'échappement tout frais. Je laisse derrière moi les maisons désertes de Bouka, qui de toute évidence ne sont habitées que l'été.

— Tu cherches ton vélo ? Je l'ai ramassé. Si tu le laisses encore une fois coucher dehors, tu peux l'oublier ! Autrefois il n'y avait pas de vols, par ici, mais les temps ont changé. Maintenant ils sautent dans ton jardin pour te faucher jusqu'au tuyau d'arrosage.

Le grand-père arrête de gratter sa barrière et sort de sa maison le Magic Mountain Bike.

— Alors tu l'as trouvée, finalement, ton Allemande ?

— Non.

— Comme je te l'ai dit hier, elle n'a pas de maison ici. Mais en y repensant, peut-être qu'elle habite chez le Suisse. Là-bas aussi on parle allemand.

— Comment s'appelle-t-il ?

— Je n'en sais rien. Tout le monde l'appelle "le Suisse". L'été dernier, j'ai vu pour la première fois qu'il avait des visiteurs. Un couple. D'habitude il était toujours tout seul. Sa maison est sur ce chemin, à gauche. Face à la mer, tu ne peux pas la rater. Avec un grand eucalyptus au milieu.

— Il est ici en ce moment ?

— Bah, il va apparaître au printemps. S'il tient jusque-là...

Je le remercie, enfourche ma bicyclette et me dirige vers le chemin. Mais tout à coup je freine. Que signifiait cette phrase inachevée ? Le grand-père a déjà recommencé à poncer sa clôture.

— Qu'est-ce que tu as encore oublié ?

— Tu as dit : "S'il tient jusque-là..." Qu'est-ce que tu voulais dire ?

— Personne n'est éternel.

— C'est-à-dire ?

— C'est ce que le Suisse croit. Qu'il peut tromper la Faucheuse. Il a au moins mille ans, ce type. Mais il finira bien par mourir un jour, lui aussi.

9

Selon la tradition mythologique la plus noble, Aigion a hérité son nom directement de la chèvre* qui a allaité et élevé le père des dieux et des hommes, le tout-puissant Zeus. Une explication plus humble et nettement plus terrestre circule également, en lien avec le caractère sismique de la région. Elle fait dériver le nom Aigion du verbe *aïsso*, qui signifie "ébranler", "secouer". La dénomination est toutefois indifférente aux explications logiques et – comme toute amante passionnée – est restée attachée au lieu depuis la préhistoire jusqu'à nos jours.

Son premier *anaktas* – non seulement monarque mais aussi grand prêtre et astrologue – semble avoir été Aigialeas, en 2100 av. J.-C. Fils d'Inachos, roi des Argiens, il bâtit sa première capitale et, soucieux de sa postérité, la nomme Aigialos. Autour du XVIe siècle av. J.-C., des Ioniens venus d'Attique émigrent dans la région de l'Aigialeia, s'unissent aux autochtones et posent les fondations de la fameuse Dodécapole ionienne, la confédération des douze cités. Selon la légende, cette alliance s'est faite pacifiquement, chose rare pour cette époque lointaine, et presque inconcevable pour la nôtre.

* Du grec ancien *aix*, *aigos*, qui signifie "chèvre". *(N.d.T.)*

Lorsque le roi Sélinunte marie sa fille Hélice à Ion, souverain d'Athènes, il fait construire la célèbre ville d'Hélice. Elle est immédiatement proclamée capitale et brille d'un éclat fabuleux sur toute la région. On murmure que certains dieux commencent à être jaloux de sa magie par trop manifeste.

Tout disparaît cependant en une nuit, comme toujours. On dit que l'on entend encore l'écho effrayant de ces ténèbres si l'on ose coller son oreille contre le sol. Durant le terrible séisme de 373 av. J.-C., la mer mugit, s'élance hors de sa tanière et engloutit le joyau le plus convoité de la terre ferme.

Pausanias décrit les sanctuaires dont regorgeait Hélice, les plus importants étant le temple de Poséidon Hélikonios et celui de Zeus Omagyrios. C'est dans le cycle des mystères de ce dernier qu'eut lieu l'assemblée cruciale au cours de laquelle fut décidée l'expédition contre Troie. Vestige de ce passé glorieux, ou écho farcesque, il y a encore aujourd'hui une rue Zeus Omagyrios.

Je n'ai pas demandé à entendre toute cette histoire ancienne mais, c'est bien connu, on ne reçoit pas toujours exactement ce qu'on a demandé. Je me trouve dans le cabinet de l'avocat Nikolaos Papapostolou, situé au troisième étage d'un bâtiment avec vue panoramique sur le port et la ville.

L'avocat parle sans discontinuer d'une voix traînante, tout en me montrant différents points de la ville à travers la large baie vitrée. Moi, évidemment, je suis arrivé ici dans le but unique d'apprendre le nom du Suisse qui a une maison à Bouka. On m'a cependant tout de suite informé que ce n'était pas aussi simple que ça en avait l'air. En Grèce, il faut d'abord connaître le nom du propriétaire pour pouvoir ensuite identifier ses propriétés. Ce vieux monsieur à l'impeccable costume gris cendré et à la moustache de la même couleur tente de m'expliquer pour la seconde fois le bien-fondé de cette absurdité. Les évocations mythologiques sont finalement plus intéressantes.

Je m'apprête à partir lorsqu'il me demande comment je m'appelle. Sans raison particulière, je renonce à utiliser l'abréviation allemande et professionnelle "Chris Papas" et je débite mon véritable nom dans son intégralité. "Christos Papadimitrakopoulos" provoque un soudain enthousiasme chez mon interlocuteur. Est-ce à cause du préfixe "Papa-" commun à nos deux patronymes ? Non. Nikolaos Papapostolou déclare avec une fierté manifeste qu'il connaissait non seulement mon père mais aussi mon grand-père.

En une fraction de seconde, le programme change. Au lieu de me laisser partir, l'avocat confie mon affaire par téléphone à l'un de ses employés, répétant par deux fois les mots "priorité absolue". Dès qu'il raccroche, il insiste pour que je me rassoie en face de lui. Je suis inéluctablement entraîné dans une deuxième plongée dans le passé. L'histoire de la ville, les habitudes de ses habitants, l'emplacement de ses monuments célèbres mais aussi ses caractéristiques les plus insignifiantes commencent à se déployer, assortis d'un luxe de détails.

Je ne dois pas m'inquiéter, me rassure inopinément Papapostolou. Nous allons trouver le Suisse que je cherche, même s'il faut pour cela téléphoner à tous les avocats et tous les notaires de la région. Moi je ne m'inquiète pas mais… Il n'y a pas de mais.

— Le gigantesque "platane de Pausanias", peut-être l'arbre le plus ancien en Grèce aujourd'hui, étend son ombre au même endroit depuis plus de deux mille deux cents ans. Vous rendez-vous compte de l'immense expérience accumulée durant tout ce temps ?

Non, je ne me rends pas compte. Manifestement, l'avocat ne se doute pas qu'il y a pour moi nécessité vitale à me retrouver enfin dehors. Il continue :

— Juste à côté du platane, on a construit les Douze Fontaines, avec leurs bouches de lion, à l'emplacement d'une source antique. Le parrain de l'arbre est l'archéologue allemand Heinrich Schliemann, célèbre pour ses fouilles à Troie et à Mycènes. Il a baptisé ainsi l'arbre immortel parce que Pausanias mentionne la source voisine. Un peu plus haut commence l'"escalier de Philopiménos", dont les cent soixante-douze larges marches de pierre ont été construites en 1901. Et savez-vous, monsieur Papadimitrakopoulos, ce qui apparaît à cet endroit ?

Sa question me réveille de ma rêverie hypnotique. Je secoue négativement la tête. Nikolaos Papapostolou sourit avec complaisance et marque un temps d'arrêt avant de me révéler ce secret.

— La Tembélorachi – "l'Échine du Paresseux". C'est une ruelle pavée traditionnelle qui relie la ville haute à la ville basse. Voyez maintenant l'incroyable coïncidence : c'est votre grand-père en personne qui a mis en place un grand nombre de ces dalles, de ses propres mains.

— Qui ça ?

— Oui, votre grand-père. Je parie que vous ne le saviez pas.

— Mais… il était menuisier.

— En effet, et excellent, d'ailleurs. J'ai encore à la maison une table fabriquée par lui. Mais il ne travaillait pas que le bois. Il faisait beaucoup d'autres choses.

Le téléphone de Nikolaos Papapostolou sonne. Au moins, je suis définitivement sorti de ma léthargie. Il demande à son interlocuteur de venir et quelques secondes plus tard un jeune avocat se tient devant nous un papier à la main.

— Voyons… achats immobiliers par des étrangers dans la région de Bouka près de Kamarès. Il y a deux ans deux Françaises ont acheté un terrain de quatre mille huit cents mètres carrés. Elles s'appellent…

— Non, non. Moi je cherche très précisément un Suisse.

— Il n'y a pas de Suisse dans ma liste.

— Vous êtes sûr ?

— Les nationalités sont mentionnées systématiquement. Durant la dernière décennie, il n'y a eu qu'un Allemand.

— Son nom ?

— Anton Rot. Il a acheté il y a sept ans une maison avec un terrain adjacent de mille cinq cents mètres carrés environ.

— Est-ce que l'âge d'Anton Rot apparaît ?

— Un instant… Alors, Anton Rot est né en 1918. Il y a peut-être eu une erreur de transcription. Parfois les notaires…

Il n'y a pas eu d'erreur. Un peu avant de fêter ses cent ans, Anton Rot m'a offert un puzzle avec deux morts jumelles. Quelques heures seulement séparent son suicide en Allemagne de la noyade d'Eva Döbling en Grèce. Conclusion ? La mort voyage vite et est libre d'agir partout.

Malgré mon insistance, Nikolaos Papapostolou refuse toute rémunération pour les services de son employé. Avant de me dire au revoir, il me donne une invitation. Il serait très honoré de ma présence, répète-t-il par deux fois. Les détails sont imprimés en caractères artistiques sur le carton. Il parle maintenant sans reprendre son souffle. Il a lui-même mis en scène une tragédie antique, il fait du théâtre en amateur, de toute façon nous sommes tous des amateurs, surtout devant quelqu'un de la dimension d'Eschyle. Il plante son regard dans le mien, impatient d'obtenir ma réponse. Demain, au… Je répète "Oui, je viendrai" et je le remercie, serrant nerveusement l'invitation dans ma main.

Je réussis enfin à me sauver du bureau de l'avocat et à échapper à ses divagations. Assis sous un pin, à présent, je tire avidement sur ma cigarette. L'Échine du Paresseux se déploie devant moi, semblable à un serpent de pierre, et mon grand-père, penché en avant, met en place certaines des dalles, que recouvre maintenant la nuit. Dans ma vision il n'a pas l'air vieux, ainsi que je l'ai connu. Il est jeune, sans femme ni enfant, sans tristesse dans les yeux. Il prend chaque pierre dans ses mains nues et la soupèse en cherchant l'emplacement idéal. Un seul souci le taraude en permanence : que personne n'aille trébucher dans la descente. Non pas vers la ville basse, mais vers le passé.

J'allume une nouvelle cigarette et je me dis que c'est ce pays lui-même qui a enfanté l'histoire dans les filets de laquelle je me trouve de plus en plus étroitement prisonnier. C'est précisément pour cela que je me trouve ici. Parce que moi aussi j'ai poussé un jour dans les interstices de terre entre les dalles.

L'inspecteur Kurt Jansen répond d'un "oui" très sec. Je perçois son étonnement muet : pourquoi l'ai-je appelé à neuf heures du soir ? Certainement pas pour lui demander où en est l'affaire. "Les recherches se poursuivent", me lance-t-il de manière purement formelle, et à son ton je comprends qu'ils n'ont toujours pas établi l'identité de mon client mort. Quand je prononce le nom d'Anton Rot, l'inspecteur reste muet à l'autre bout de la ligne.

Il attend que je continue. En vain. Moi, je veux juste descendre l'Échine du Paresseux.

On dit que les Esquimaux ont des dizaines de mots pour désigner la neige. Selon cette logique, il faudrait utiliser au moins deux mots différents pour l'hiver en Grèce. On est fin janvier et on sent déjà poindre le printemps dans le calme plat de la nuit.

Un peu avant minuit, je tombe sur une vingtaine de personnes qui mangent des brochettes sur une place. Je choisis une table et les imite, tandis que mon esprit ne peut se détacher du souvenir d'Eva Döbling toute bleue. Je ne tarde pas à rentrer à la maison. Je resterais dehors toute la nuit si je n'avais hâte de mener ma propre recherche sur internet.

Je trouve Costas trônant dans la cuisine, devant une tasse de café vide. Il me tape une clope.

— Tu devines pourquoi je t'attends ici ?

— Je crois.

— Tu as un peu de fric ?

— Ça va être comme ça tous les jours, Costas ? On ne s'était pas mis d'accord pour cent cinquante euros par mois ? Je t'en ai déjà donné vingt de plus.

Il part sans un mot.

Sur internet la première notice biographique d'Anton Rot dépasse les deux pages et l'imagination. Né en 1918 à Kaiserslautern, il commence son parcours labyrinthique par des études de grec ancien. En 1936, il entre pour la première fois dans un amphithéâtre d'université et, à partir de ce moment, plus rien ne l'arrête. Biologie, sociologie, psychologie, peinture, architecture, littérature comparée – diplômes, distinctions, titres honorifiques, bourses, publications académiques, invitations d'universités, interventions dans des colloques. Sa capacité à passer d'un champ cognitif à un autre se révèle sans égale.

En même temps, je constate une absence constante d'informations concernant sa vie privée. Nulle part il n'est fait mention d'une quelconque famille, d'un mariage, d'une liaison ou d'enfants. La vie personnelle d'Anton Rot reste obstinément à l'abri de toute publicité.

1987 constitue une année cruciale. C'est alors qu'est publié son premier livre, intitulé *Le Plongeur*. Des éléments d'essai philosophique, de traité scientifique, de littérature fantastique et d'étude historique s'y mêlent pour composer un ouvrage qui, aujourd'hui encore, est considéré comme inclassable. La réception un peu molle du livre, au début, fait rapidement place à un intérêt croissant de la part de cercles universitaires très variés. Avec le temps, la reconnaissance de la valeur exceptionnelle de l'œuvre acquiert un caractère universel. Diverses études ne tardent pas à faire leur apparition, proposant des interprétations contradictoires.

Anton Rot lui-même ne soutient aucune de ces thèses et ne fait aucune déclaration publique. Il poursuit imperturbablement ses recherches, ses études dans différents domaines et ses voyages de par le monde, à l'invitation d'universités prestigieuses.

Le Plongeur est traduit en douze langues, devient de plus en plus célèbre. L'écrivain revient souvent sur certains passages de son livre, cite des sources bibliographiques et des exemples inconnus, lit des extraits et établit des rapprochements avec d'autres œuvres littéraires et ouvrages scientifiques.

Il semblerait que les nombreuses divergences d'opinions concernant l'axe conceptuel du livre soient générées par une imprécision. Comme on le sait, il y a toujours des gens qui tiennent à apprendre "ce qu'a voulu dire l'auteur". Dans ce cas précis, plus les explications – vraisemblables aussi bien qu'invraisemblables – se multiplient, et plus Anton Rot s'enferme dans son silence. Ce type d'approche lui cause apparemment une gêne grandissante. Lorsqu'on s'obstine à lui poser ce genre de questions, il déclare un peu mécaniquement que "le résultat le plus fréquent d'analyses excessives est la destruction de la forme". Une fois même, il ajoute que "toute interprétation globale porte en germe un certain nombre de morts collatérales".

L'énigme la plus stupéfiante de l'ouvrage est indéniablement constituée par son titre même. Pourquoi est-il intitulé *Le Plongeur* ? Personne n'a réussi à proposer la moindre explication convaincante. Dans ses trois cent quatre-vingt-six pages, il n'y a pas une seule allusion à un quelconque plongeur, ni aucune occurrence du verbe "plonger". À quoi ce titre paradoxal renvoie-t-il donc ? Près de trente ans après la première édition du livre, on n'a toujours pas trouvé la clé du mystère. Elle a sans doute été définitivement perdue, puisque l'homme qui en détenait le secret a désormais quitté le monde des explications.

Sur internet, les références à Anton Rot, qui n'a jamais publié d'autre livre, sont innombrables. Il me faudrait des jours, peut-être même des mois, pour lire ne fût-ce qu'une partie de ce qui a été écrit sur lui et sur son œuvre. Je continuerais certainement jusqu'au lever du jour si, à trois heures vingt du matin, des coups frappés à ma porte ne venaient m'interrompre.

— Ouvre, mon petit, c'est moi, la maman de Costas.

La vieille se tient sur le seuil.

— Excuse-moi de te réveiller à cette heure. Tu peux amener Costas à l'hôpital ? Je n'ai pas d'argent pour un taxi, et il faut qu'il y aille vite. On lui a cassé le bras.

10

Tout son corps est parcouru de contractions qui aboutissent à son bras droit, juste au-dessus du poignet. Il est assis sur le siège arrière du taxi, penché en avant, se tenant le coude droit de son autre main, et ne dit pas un mot. Dans la nuit le bâtiment de l'hôpital ressemble à un grand navire dont la destination aurait été oubliée. Le chauffeur nous dépose devant l'entrée des urgences.

— Que s'est-il passé ?

Aucun de nous deux ne répond à la question de l'infirmière. Tandis qu'elle lui enlève très doucement son blouson, le visage de Costas grimace de douleur.

— Que s'est-il passé ?

Nouveau silence. Elle le conduit à la salle de consultation et me désigne l'endroit où je dois attendre. Le médecin apparaît au bout du couloir, les mains dans les poches, et me jette en passant un regard morne.

Avant que j'aie eu le temps de fumer la moitié d'une cigarette sous le porche, l'infirmière vient me trouver et me demande de la suivre. On doit lui faire une radio, il s'agit vraisemblablement d'une fracture. Il refuse de leur dire comment c'est arrivé. Il va peut-être falloir l'opérer, me révèle pour finir la femme en blanc, qui a l'air épuisée.

Nous parcourons des étages entiers, prenons des ascenseurs et franchissons des portes, toujours suivant notre guide. Après la radio, nous attendons le résultat. Nous sommes restés tous les deux seuls à l'extrémité d'un couloir orange et j'apprends enfin la raison de son silence prolongé. Ce n'est pas à cause du bras cassé, ni même de la douleur. Costas a peur.

Il me remercie de l'avoir amené jusqu'ici, mais maintenant il faut que je m'en aille. Je ne dois surtout dire mon nom à personne, je passais par là et je l'ai aidé. Autrement les médecins vont appeler la police et je vais me trouver embringué dans cette histoire. Or il ne veut pas que je sois mouillé. Pas dans cette histoire. C'est quoi, "cette histoire" ? Il vaut mieux que je ne pose pas de questions. Simplement je me lève et je m'en vais. Tout de suite. Sans prendre de taxi, parce qu'ils vont sûrement interroger les chauffeurs qui attendent devant l'entrée. Je dois partir à pied, et on se verra plus tard.

Il me reste quarante ou cinquante mètres à parcourir jusqu'à la porte de la maison quand je vois les deux types. D'où sortent-ils ? Est-ce qu'ils attendaient cachés dans une cour, ou derrière une voiture ? Ils se déplacent maintenant vers moi avec une rapidité de chiens sauvages. Je sais que la pire solution serait de prendre la fuite.

— T'es qui, toi, tête de nœud ?

Celui qui m'adresse cette fraternelle question a une trentaine d'années, l'autre est plus jeune. Difficile de distinguer leurs traits sous la capuche de leur sweat. Le silencieux semble un lutteur plus expérimenté, ses pieds cherchent déjà la position adéquate sur le bitume.

— Et alors tu réponds, tête de nœud ? On va pas y passer la nuit.

— *Sprichst du deutsch ?*

Ma question en allemand provoque un blocage immédiat. Ils échangent des regards décontenancés.

— *Do you speak english ?*

— *Sprichst du deutsch ? Leider spreche ich kein Englisch, aber wenn du willst, kannst du die Polizei rufen**.

Cette fois, ils disjonctent carrément. Le mot international *Polizei* a eu l'effet voulu. Ils balancent entre indignation et incrédulité. Finalement le muet se révèle le plus intelligent. La position de ses pieds change, il a déjà compris que ce soir aucun combat ne serait livré. Pour la première fois il ouvre la bouche.

— Laisse-le. Ça doit être l'Allemand.

Ils décampent aussi lestement et silencieusement qu'ils sont apparus. La dernière phrase se prête à diverses interprétations. M'ont-ils confondu avec un autre étranger ? Ou bien parlent-ils effectivement de moi ? L'Allemand, c'est moi ?

Dans mon rêve, je marche dans des rues pleines de monde. Les visages des gens sont tous identiques. Perdu dans cette uniformité plastique, je vois une fille qui se distingue de la foule et vient vers moi. Elle me parle, mais je ne comprends rien. Ses mots sont des sifflements furieux qui se dissipent rapidement dans l'air. Elle sort de sa poche une fleur transparente et me l'offre. Au moment où je tends la main, elle se met à courir. La fleur est tombée sur le trottoir et des pieds inconnus la piétinent.

À onze heures du matin, je réussis à me lever et à me faire du café. Mon ami Georg Weber m'a déjà envoyé un mail avec des photos, prises au restaurant Jamais le Lundi à Leipzig. Différents clients posent avec un sourire emprunté et leurs habits du dimanche. Le couple se détache au milieu d'eux. La jeune femme blonde est

* "Tu parles allemand ? Malheureusement je ne parle pas du tout anglais, mais si tu veux tu peux appeler la police."

assise à côté du vieillard. Leurs joues se touchent presque et dans leurs verres levés le champagne promet peut-être une célébration secrète et sûrement une effervescence cristalline.

Anton Rot est venu à mon bureau pour me demander une surveillance rapprochée d'Eva Döbling. Sa maîtresse. Les pièces à conviction sont là, photographies disséminées sur mon écran. Huit jours à peine avant son suicide, mon client était assis à côté d'elle dans un restaurant de Leipzig. Sur l'une des photos, je note l'émerveillement timide d'Anton Rot en face d'elle. Comment le poison de la jalousie pourrait-il ne pas s'insinuer entre les partenaires d'un couple séparés par plus d'un demisiècle ? Il soupçonnait l'existence d'autres hommes dans sa vie. À juste titre. Sa maîtresse n'avait pas tardé à se présenter à l'Étoile du Port avec un autre, plus jeune encore qu'elle-même. Elle s'était enfermée avec Tim dans la chambre 107 durant des heures, écoutant en boucle le même morceau de Rammstein. Cette information avait-elle suffi à pousser Anton Rot au suicide ? Selon le sens commun, non. Mais le sens commun n'a pas quatre-vingt-dix-sept ans, ni une maîtresse de cinquante-six ans plus jeune.

Je décide de retourner à l'endroit où le corps d'Eva Döbling a été retiré de la mer. Cela se traduit concrètement par quarante minutes de vélo. S'il y avait un titre mondial de CCA (Connard Conducteur Automobile), l'un de ceux qui me dépassent l'obtiendrait haut la main. Les Grecs n'ont nul besoin d'ennemis extérieurs équipés d'armes modernes. Ils s'exterminent très bien entre eux en tenant à la fois le volant, leur portable et un café frappé. Il n'y aura pas lieu de s'étonner lorsqu'il sera démontré, chiffres à l'appui, que le simple fait de se déplacer à bicyclette dans ce pays est affecté d'un taux de mortalité supérieur à celui de la formule 1 au niveau mondial.

En revanche, c'est une surprise énorme – pour moi du moins – de constater la présence de trois équipes de télévision avec des caméras et des journalistes au bout du chemin de terre. Je descends de mon vélo et reste figé sur place. Le comble du mauvais goût est atteint quand un type vêtu d'un blouson militaire s'approche de moi, un micro à la main.

Dans un anglais mâtiné d'un fort accent allemand, il me demande d'où je viens. Il faut agir vite. Ses deux collègues armés de caméras n'ont pas le temps d'arriver que j'ai déjà disparu.

Noyade mystérieuse d'une Allemande en Grèce !

Une touriste allemande trouvée morte au large d'une plage grecque. Simple accident ?

Tragédie germano-grecque au cœur de l'hiver.

Ce sont les titres des premiers articles dans la presse allemande au sujet de la noyade d'Eva Döbling. La police du port a repéré son sac avec ses affaires sur une plage voisine et immédiatement, à peine son identité connue, les journalistes prennent le relais. En temps normal, cette information passerait inaperçue. Mais pas en ce moment, pas dans les circonstances actuelles.

La Grèce, après sept ans de chute ininterrompue, se trouve encore dans l'œil du cyclone de la crise économique, et tout le monde sait désormais qu'elle ne pourra pas s'en sortir avec ses seules forces. L'Allemagne continue d'être la nation la plus solide d'Europe, et a bien l'intention de conserver sa position dominante. Or, ce sont toujours les situations de conflit qui font recette, aujourd'hui comme il y a trois mille ans. Les plus excités des deux pays croisent le fer à coup de déclarations nationalistes enflammées. Dans cette arène, qu'est-ce qui pourrait émouvoir davantage que la noyade incompréhensible d'une touriste allemande dans les eaux grecques ? Surtout quand s'y ajoute une bonne dose de mystère.

Eva Döbling, nageuse éprouvée, ayant remporté des championnats depuis son plus jeune âge, aimait la natation hivernale. C'est ce que confirme d'ailleurs la combinaison isotherme spéciale qu'elle portait pour se baigner en cette saison. Par l'intermédiaire de deux médecins légistes, les autorités grecques affirment de façon catégorique qu'il s'agit d'un accident, puisqu'aucune trace de lutte ou de violence n'a été repérée sur le corps de la victime. Mais alors comment est-il possible qu'une nageuse émérite se noie dans les eaux tranquilles du golfe de Corinthe ? Aucune explication n'a été trouvée pour l'instant. L'Allemagne envoie ses propres médecins légistes, déjà en route vers la Grèce.

Assis devant mon ordinateur portable, je surfe sur internet, où la confusion bat son plein entre les deux pays. Qu'est-ce que je ressens ? Tout d'abord de l'admiration pour la facilité et la rapidité avec lesquelles le ridicule se propage. Les oppositions toutes faites, la haine primaire, les frontières de toute sorte et pour finir le désir addictif du conflit, qui joue comme une marche guerrière en fond et au-dessus de tout cela. Moi, ça me fait rire. Je ne peux rien faire d'autre que rire. Parce que je suis tantôt Chris Papas, tantôt Christos Papadimitrakopoulos, en fonction des circonstances, de la langue, du pays, des oreilles et des bouches. Je suis Personne. C'est merveilleux d'être né entre deux pays. On sent rapidement qu'aucun des deux ne veut de vous.

Dans ma messagerie électronique, je tombe sur un nouveau dossier de Weber portant la mention "Urgent". Au début, j'ai du mal à comprendre ce que montre la vidéo amateur. Une trentaine de secondes passent, peut-être davantage. D'abord je reconnais les murs, le marécage vert. La caméra vidéo est placée à l'intérieur de l'une des chambres de l'Étoile du Port et filme. Serait-ce la 107 ?

L'ordonnateur – c'est ainsi que j'appelle d'emblée cet homme – se tient en un point invisible, on entend cependant clairement sa voix. D'un ton sérieux, presque mécanique, il donne des ordres. Entre ses phrases béent des intervalles de silence glacé. Le couple de protagonistes porte des masques noirs et jamais aucun d'eux ne profère le moindre mot. L'homme est mince, vingt-cinq à trente ans, intégralement rasé. La femme est plus âgée, grande, les cheveux courts, et bien qu'elle coopère docilement avec lui, elle semble au fond l'ignorer. Elle a des jambes sublimes, fines, des hanches étroites, le ventre plat et les épaules larges d'un jeune gymnaste. Aucun de ces traits, évidemment, ne me permettrait de deviner son identité. Se conformant cependant aux instructions de l'ordonnateur, elle est obligée de faire quelques pas. Ce simple mouvement la trahit. Dans le film, d'une durée de quarante-six minutes, c'est Eva Döbling qui tient le premier rôle.

La caméra reste fixe, sans jamais zoomer sur les corps nus. L'ordonnateur doit se tenir à deux ou trois mètres de distance du point où a lieu la prise. Je dirais que la caméra a été placée précisément à cet endroit afin qu'elle puisse filmer sans la moindre intervention de sa part.

Aucun des deux partenaires ne regarde jamais l'objectif. Quant à l'ordonnateur invisible, l'intensité et l'origine de sa voix attestent qu'il ne se déplace pas du tout. Il articule ses ordres avec clarté, comme s'il s'appliquait à donner un cours d'orthophonie. Il ne doit pas manquer la moindre voyelle, aucun son, fût-ce le plus infime, ne doit être déformé.

La suite de la vidéo conduit à une succession de points culminants. L'homme tient son rôle avec une morgue ostensible pour aboutir à un paroxysme bestial. La position de la femme est encore plus tranchée. Après les premières manifestations banales de soumission, elle est forcée de parcourir tout le champ de l'asservissement le plus aveugle. Et pourtant le spectacle réussit à susciter une inavouable attirance. Tel un monde clos qui t'aspire sans fin en son sein. Comment y parvient-il ? Pourquoi ne devient-il pas repoussant ?

Si je devais donner une réponse, je me concentrerais sur les ordres eux-mêmes. On est lentement et insensiblement entraîné par cette secrète violence. On veut voir ce qui va se passer ensuite, jusqu'où ça va aller, quelles limites seront franchies. À la fin, la passion se dissémine partout, puisque le parcours divertit de toute évidence ceux-là mêmes qui l'accomplissent. Et alors, alors seulement, on doute pour la première fois. Est-ce que vraiment cela nous plaît à nous ? Ou du moins à moi ?

Le message de Weber qui accompagne le document est – comme d'habitude – strictement informatif et sans verbiage inutile :

Tu vas me demander où j'ai déniché cette vidéo. Elle a été envoyée sur la messagerie personnelle d'Anton Rot le 14 janvier. Le message en question était sécurisé par un code. Ils viennent de le briser. Expéditeur inconnu, depuis un café internet à Düsseldorf.

Est-ce que tu reconnais l'un des participants ? En dehors d'Eva Döbling, je veux dire.

PS. Ne téléphone plus à Kurt Jansen aux services centraux de Hambourg. Il pense que tu es mêlé personnellement à l'affaire. Il est informé de ton voyage en Grèce.

Ma propre réponse à Weber est encore plus laconique :

Je ne reconnais personne d'autre.

PS. Jansen est un abruti. Ça, bien sûr, tu le sais déjà.

11

À huit heures du soir, je monte les marches vers le quartier des Hautes Aires. Le bar où je trouve refuge sent le tabac froid et a la forme mais aussi la taille d'une chaussure étroite. Je suis le seul client. Le barman décide arbitrairement d'arrêter de jouer avec son téléphone portable pour me servir un Jameson. Tout de suite après, il se roule une cigarette, se la plante entre les lèvres et l'allume.

— On a le droit de fumer ?

— Pourquoi, ça te dérange ?

— Moi aussi je fume. Simplement je voulais savoir si c'était permis.

— En principe, non, mais il n'y a pas de problème. D'où tu viens ?

— J'habite en Allemagne.

— On se fait de la thune, là-bas, hein ? Écoute, en Grèce nous venons juste d'accomplir notre révolution. Mais c'est du pipeau.

— Du pipeau ? Qu'est-ce que tu veux dire ?

— Économie, justice, éducation, c'est tout pour de faux, du bidon. Nous fumons évidemment partout où ça nous plaît. C'est comme ça que nous avons réussi la grandiose mutation dont avaient tellement besoin notre pays, l'Europe et la planète tout entière. Toujours précurseurs.

Je me suis laissé prendre à la conversation, le deuxième Jameson aidant, quand mon regard tombe par hasard sur la porte de l'établissement. Au milieu des affiches multicolores annonçant diverses manifestations, je lis presque mécaniquement :

AGAMEMNON
d'Eschyle

La représentation commence dans une demi-heure et, comme si ça ne suffisait pas, le barman m'assure que ce n'est pas à plus d'une centaine de mètres. Et si je ne tenais pas ma promesse ? La belle affaire, un spectateur de plus ou de moins dans un théâtre au milieu de nulle part. Cependant, que va-t-il rester dans ce monde de mensonges si nous oublions nos promesses ? L'avocat m'a tout de suite aidé sans accepter d'argent, et moi je lui ai promis que j'irais. Je lui ai même donné ma main pour sceller mon engagement.

Un de mes deux grands-pères était grec. Parmi les rares souvenirs que j'ai gardés de lui, il y avait cette phrase qu'il disait : "Ta main, c'est ta parole", ou quelque chose comme ça. Mon grand-père, fantôme d'une autre époque, vivait deux rues plus bas. Il pourrait bien me voir en ce moment. N'est-ce pas le genre de choses que font les fantômes ? "Ta main, c'est ta parole." Oui, je sais, les détectives coriaces n'en ont rien à faire de ces vieilles histoires. Voilà encore une raison de ne pas me défiler.

Le bâtiment du Musée folklorique d'Aigion, austère et enduit de teintes marronnasses de mauvais augure, se dresse à cinq ou six mètres au moins au-dessus du sol. On pourrait croire qu'il s'est volontairement surélevé afin de faire étalage de son insolence à l'égard du temps. À l'extérieur, deux volées de marches convergent vers l'entrée unique. Manière de laisser entendre que, quel que soit le chemin que tu choisisses, tu finiras par aboutir au même point.

Puisque nous sommes passés dans le monde du théâtre, il faut mentionner que cette construction s'est prêtée à un éventail de rôles aussi large que varié durant les deux cents ans et plus de son existence. Tour à tour vieille maison patricienne de légende, lieu secret de réunions douteuses, mairie imposante, hôpital de fortune, humble école primaire, et pour finir Musée folklorique, elle a même été utilisée comme prison. Dans certaines parties du sous-sol, d'ailleurs, on peut encore tomber sur des fenêtres à barreaux de fer.

J'apprends tout cela dans les trois feuillets du programme de la soirée que j'ai entre les mains et dont je devine qu'ils sont l'œuvre de Nikolaos Papapostolou. La même source m'informe qu'Eschyle est considéré non seulement comme le père de la tragédie mais aussi comme l'un des novateurs les plus audacieux dans ce domaine. Il a inauguré une nouvelle ère en introduisant le second protagoniste, alors que jusqu'à son époque les tragédies étaient jouées par un seul acteur, qui changeait sans cesse de masque. Je n'ai pas le temps d'en lire davantage. La jeune fille à qui j'ai acheté le billet s'approche de moi et m'annonce en chuchotant que la représentation commence. Son doigt tendu montre la dernière porte à gauche et elle ajoute, non sans une certaine emphase, que je dois me dépêcher. Je traverse le couloir tout seul dans un silence religieux.

La salle a été divisée en deux secteurs, sommairement séparés l'un de l'autre. À l'avant, dans l'espace destiné aux spectateurs, une lumière tamisée est diffusée par des projecteurs placés au sol. Nous ne sommes que six à être installés, pour une bonne cinquantaine de sièges.

Les distances entre nous sont aussi grandes que possible, comme si chacun s'était sciemment efforcé de s'éloigner des autres. Ma place près d'une fenêtre m'offre une vue panoramique sur le parvis à l'extérieur.

Dans la deuxième partie de la salle trône une construction pyramidale en bois à cinq niveaux. La base se perd dans l'obscurité tandis que le sommet est frappé par une vive lumière. Si étranges que ces éléments paraissent à mes yeux, rien ne me prépare à la suite.

Deux acteurs – un homme et une femme – font leur apparition, vêtus de tuniques respectivement noire et blanche. Les masques qu'ils portent donnent un sentiment de froide majesté mais aussi d'ambiguïté sarcastique. Peut-être parce que c'est la première fois que je vois des masques de drame antique, ils provoquent en moi une association d'idées aberrante. La vidéo tournée dans la chambre sordide de l'Étoile du Port me trotte dans la tête. Là-bas comme ici, un couple avec le visage dissimulé. Les similitudes s'effacent et ma stupéfaction croît lorsqu'ils commencent à jouer. Car je me rends compte alors que les mots qui jaillissent me sont totalement inconnus. J'assiste à une tragédie en grec ancien.

Les deux acteurs changent de masque et de tunique au gré des différents rôles qu'ils incarnent. La voix grave et la déclamation ampoulée me laissent deviner que c'est Nikolaos Papapostolou qui assume les rôles masculins. Peut-être à cause de l'articulation traînante et grandiloquente, je parviens désormais à comprendre quelques mots de temps à autre. La femme a commencé sur un ton plus bas et intensifie progressivement le volume et l'émotion de sa voix. Il y a aussi un groupe de garçons et de filles dans le rôle du chœur. Mais on ne voit jamais leurs visages puisqu'ils jouent en tournant le dos au public.

Le temps s'écoule de plus en plus languissamment. Mon intérêt initial pour les masques et la diction ne dure pas au-delà de quelques minutes. Malgré mes efforts pour rester concentré sur la pièce, après la première demi-heure mon regard s'évade continuellement hors de la salle. Fixant le parvis désert et sombre, je songe à tous ceux qui ont partagé occasionnellement la même vue que moi au cours des deux cents dernières années. Ils regardaient avec leurs yeux à eux, derrière leurs propres cauchemars, à travers leurs propres attentes. Tous cependant nous nous tenons devant la même cour, sous la même obscurité.

Les acteurs continuent à changer de masque au fil des scènes, tout en s'élevant graduellement sur la pyramide. Le chœur a désormais adopté un ton irrévocable. Il m'est cependant impossible de leur accorder toute l'attention qu'il faudrait. Terrassé par le Jameson, l'ennui et les difficultés de compréhension, je projette déjà mon évasion. Il suffirait que je m'éclipse et que j'attende dehors la fin de la représentation. À la vérité, je tiens à féliciter Nikolaos Papapostolou. Même sans comprendre les paroles, le contact avec l'œuvre est brûlant. Qu'est-ce qui peut bien pousser quelqu'un à redonner vie à un tel mythe ? Dans cette langue, dans cette salle, devant ce public, à cette époque ?

Tandis que je suis en train d'évaluer le nombre de pas nécessaire pour atteindre la porte sans déranger, la phrase résonne. Lente, distincte, déchirante :

— *Omi pepligme kerian pligin eso**.

L'homme se trouve désormais au dernier niveau de la pyramide. Il trébuche et répète d'une voix plus forte :

— *Omi pepligme kerian pligin eso.*

* "Hélas ! Un coup mortel a déchiré ma chair !"

Et tout de suite après il tombe mort, brutalement, dans un grand fracas, baigné maintenant d'une lumière éblouissante. Au même instant la femme regarde vers le ciel. Ses bras restent tendus vers le haut et son corps immobile, telle une statue.

Et moi ? Je suis complètement paumé. Parce que dans cette représentation théâtrale je viens d'entendre le message qu'Anton Rot a laissé sur mon répondeur téléphonique. Sa dernière phrase avant de se suicider. Pendant tout ce temps je m'étais efforcé de mettre en ordre des lettres et des mots allemands – *"Oh mich pepli gering in eso"* – alors qu'Anton Rot me disait en grec ancien : *"Omi pepligme kerian pligin eso."*

Je ne fais plus aucune tentative pour quitter la salle, pour m'échapper. Je suis assis là, abasourdi, entièrement sous le charme de ces paroles dont je sens tout le pouvoir catalytique, quoique ne comprenant pas leur sens. Agamemnon, portant un masque de profonde surprise ou de douleur, est tombé, tué par la main de Clytemnestre au sommet de la pyramide.

J'ignore combien de temps s'écoule jusqu'à la fin de la représentation. Lorsqu'enfin je me retrouve à l'air libre, je reconnecte mon portable. J'écoute le message d'Anton Rot plus de dix fois peut-être. Aucun doute. Il a choisi une phrase de l'*Agamemnon* d'Eschyle.

Au bout d'une demi-heure, Nikolaos Papapostolou apparaît sur le seuil de la porte intérieure du bâtiment. Rien en lui ne rappelle l'avocat que j'ai rencontré à peine un jour plus tôt. Son manteau noir accentue la pâleur mortelle de son visage et lui-même semble définitivement coupé de son environnement.

Alors que je le félicite, sa main glacée se colle mollement à la mienne. Je tente de lui poser deux ou trois questions concernant le sens de la phrase d'Agamemnon et l'intrigue de la pièce. Aucune réaction, il ne semble pas même m'entendre. J'exprime à deux reprises le désir de présenter également mes félicitations à l'actrice. En vain. Il ne me prête pas la moindre attention – quant à cette dernière, elle reste invisible. Tout à coup, Nikolaos Papapostolou se tourne vers le ciel nocturne et monologue :

— Voici donc que l'œuvre est près de s'achever.

Puis, après quelques secondes encore d'un silence embarrassé, il me prend soudain par le bras et me propose de partir.

La demeure de l'avocat se trouve au dernier étage de l'immeuble, juste au-dessus de son bureau. Je ne sais pas quelle est sa surface totale ni combien de pièces elle comprend, mais le salon qui s'étend autour de nous semble sans limites. Le mur nord tout entier a été remplacé par une verrière qui procure l'impression que le port et la ville appartiennent à la cour de la maison. Le mur opposé est couvert par une bibliothèque. Ses dimensions, ainsi que le bois sombre, séculaire, dressent une sorte de contrepoids en face de la mer, qui tressaille là-bas dehors comme un animal blessé. Nous buvons un whisky dans la pénombre.

— Quel est votre dramaturge préféré, monsieur Papadimitrakopoulos ?

— Beckett.

— Excellent. Il existe un bref essai intitulé *D'Eschyle à Beckett*. C'est Georges Cheimonas qui l'a écrit, un de nos meilleurs traducteurs grecs de tragédie ancienne et en même temps l'auteur d'une prose poétique délirante.

— Vous ne voudriez pas me parler un peu d'*Agamemnon* ? Pourquoi avez-vous choisi cette pièce ?

— Impossible. Personne ne peut vous en parler. Vous devez d'abord la lire.

Il se lève, s'approche de la bibliothèque et en sort un livre. C'est ainsi que le texte d'*Agamemnon* atterrit entre mes mains. Nikolaos Papapostolou nous ressert un Lagavulin, dont le goût d'iode s'accorde avec le lieu.

Il est minuit passé quand je quitte l'appartement de l'avocat. Une vive impression de déjà-vu me submerge. Sans l'avoir cherché, je marche à nouveau dans les pas d'Anton Rot.

12

Battements irréguliers de mon cœur ou coups résonnant sur le bois ? Je suis tombé dans cet intervalle entre sommeil et veille, incapable de réagir. Est-ce que quelqu'un frappe vraiment à la porte de l'appartement ? Oui, malheureusement oui. Je me lève au ralenti, je me cogne sans trouver l'interrupteur de la lampe, j'ai des paroles grossières pour la mère de la chaise, j'arrive enfin là-bas.

Une femme se tient sur le seuil, étreignant son corps de ses bras croisés.

— Tu peux m'emmener ?

— Où ?

— Chez le médecin. J'ai une voiture. Tu n'auras rien d'autre à faire qu'à conduire. Il faut que tu te décides tout de suite. C'est urgent.

Je n'ai jamais vu cette femme, j'ignore comment elle a atterri devant ma porte. Son visage livide explicite le “C'est urgent”. Je la suis comme hypnotisé. Une fois dans la rue, elle me demande de prendre les clés de sa voiture dans la poche droite de son blouson. Ses bras restent serrés autour de son corps, en guise de bouclier de protection. Nous courons presque. Devant une Fiat Panda orange, elle me fait signe d'ouvrir la portière arrière et tout de suite s'étend à demi sur la banquette.

Ses instructions sont brèves mais précises, toutefois c'est seulement lorsque nous débouchons sur la route nationale que je me rends compte que nous ne nous dirigeons pas vers l'hôpital d'Aigion. Son buste se tend avec une contraction nerveuse à chaque respiration. Le rétroviseur de la voiture ne me permet pas d'en voir beaucoup plus.

— Ne conduis pas aussi brusquement. Tu veux qu'on se tue avant d'arriver ? Athènes n'est pas tout près.

— Athènes ? Tu as du mal à respirer. Les hôpitaux d'Aigion ou de Patras sont beaucoup plus…

— Là-bas ils ne peuvent pas grand-chose pour moi. Il faut que j'aille à Athènes.

Je n'y comprends rien, mais personne ne nous a garanti un voyage au pays de la clarté. Le trajet dure deux heures interminables. Au milieu de ses tentatives pour aspirer autant d'air que possible, je parviens à glaner quelques informations. Eleni est l'amie de Costas. C'est lui qui serait normalement assis à ma place si le matin même on n'avait opéré son bras. Il s'agissait d'une fracture multiple et on devait de toute urgence lui poser des plaques et des vis. Selon les premières estimations, il aura besoin de rester encore quelques jours à l'hôpital. Eleni parle de Costas. Mais que lui arrive-t-il à elle ? Pourquoi a-t-elle du mal à respirer ? Au lieu de répondre, elle prend des inspirations de plus en plus profondes.

L'entrée dans Athènes comporte toutes les caractéristiques du glissement dans un cauchemar. Des conducteurs paranoïaques surgissent de tous les côtés. Des bêtes métalliques, offrant une ressemblance extérieure avec des automobiles, crient vengeance et refusent de céder le moindre pouce du sacro-saint sol asphalté. C'est la première fois que je vois tant de fureur se répandre dans les rues.

À un moment Eleni me demande de conduire sans coups de frein brusques. À trois heures dix du matin, nous laissons la voiture sur une place de parking et commençons à marcher d'un pas rapide. Elle me précède de trois ou quatre mètres lorsque tout à coup elle tombe sur les genoux. La précipitation a manifestement aggravé son état.

Le bâtiment de la clinique est entouré d'un embryon de jardin que nous traversons, Eleni appuyée sur moi. Trois jours en Grèce, trois visites à l'hôpital. Record de malade. Deux infirmières l'étendent sur une civière et disparaissent derrière une porte à deux battants. Quinze ou vingt minutes s'écoulent.

Un employé en costume me demande de le suivre et sans transition se met à murmurer des mots d'amour éculés dans son téléphone. Dédale de couloirs, ascenseur, troisième étage. Tous les hôpitaux sont un même hôpital. Ou bien n'importe quel hôpital résume tous les hôpitaux. Valentino interrompt sa confession érotique, me désigne une porte et part presque en courant.

J'attends dix minutes dans le bureau vide. Le médecin, vêtu de blanc, grand, osseux, avec une barbe grise, s'assied devant moi. Son regard de verre ne trahit absolument rien. Nous restons ainsi, l'un en face de l'autre, et plus le temps passe, plus j'acquiers la certitude qu'il ne parlera pas. Comme deux vieilles connaissances qui ne se sont pas vues depuis longtemps et ont décidé de se rencontrer de nouveau ce soir, mais n'avaient pas prévu qu'elles n'avaient plus rien à se dire. Tout à fait inopinément, j'entends sa voix :

— C'est votre œuvre ? Sachez que je vais vous dénoncer.

— Je ne comprends pas.

— C'est simple. Je vais vous dénoncer.

— Vous voulez dire que quelqu'un l'a…

— L'auteur des faits connaissait parfaitement l'anatomie du corps humain. Il faut un coup d'une précision exceptionnelle pour atteindre exclusivement les poumons. Cela va prendre deux ou trois jours avant qu'elle puisse de nouveau respirer normalement. Et maintenant dites-moi qui vous êtes.

Je bondis sur mes pieds, ouvre la porte, enfile les couloirs et descends par un escalier intérieur en colimaçon qui aboutit au milieu de nulle part. Je ne retrouve un peu de calme que sur le parking. Ni les violences d'un inconnu à l'égard d'Eleni, ni la technique professionnelle d'un coup portant exactement sur les poumons, ni la certitude désobligeante du médecin que c'est moi le coupable, rien de tout cela ne me préoccupe véritablement.

J'ai besoin de calme et de concentration. Peut-être pourrai-je ainsi distinguer plus clairement la forme vague qui apparaît et peu à peu se précise devant moi. Seul dans mon coin, j'essaie de me souvenir. La voix du médecin est déjà enregistrée quelque part dans ma mémoire, je suis certain que je connais cette intonation. Mais d'où ? Il faut que je l'entende de nouveau. Cette nuit, c'est-à-dire maintenant. Je ne tiens plus en place, parce que certaines choses doivent se faire à leur heure, et cette heure, c'est maintenant. Inutile de faire semblant de croire que cela pourrait être remis à plus tard, cela doit avoir lieu tout de suite.

À l'entrée des urgences, je demande le nom du médecin. Malgré mon insistance, l'employée blonde me sert un refus et une livre de méfiance. Je lui lance le premier – et dernier – prétexte qui me vient à l'esprit : le docteur m'a demandé impérativement mes papiers, raison pour laquelle je suis immédiatement parti. Je suis allé chercher ma carte d'identité et je suis revenu pour la lui montrer.

La blonde caresse amoureusement ses cheveux pour la cent millionième fois et me dit d'attendre.

Manifestement, elle communique avec lui au téléphone, et au bout de deux minutes d'attente me propose de laisser mon nom et mon adresse. Non. Non, ce n'est pas possible. Si le docteur exige d'apprendre qui je suis, alors il doit me rencontrer. J'insiste sur le fait que c'est une question d'honneur pour moi, aussi désespérément idiot que cela puisse paraître.

Finalement, deux types du service de sécurité de la clinique se présentent, me conduisent dans un bureau au rez-de-chaussée et m'ordonnent de m'asseoir sur une chaise. Un certain temps s'écoule, mais je suis décidé à attendre jusqu'au Jugement dernier s'il le faut. Les deux gardiens restent collés à ma droite et à ma gauche.

La porte s'ouvre. Il faut que je me souvienne. Il le faut. Le médecin entre. Même s'il a été surpris ou alarmé par mon comportement, il n'en montre rien. Il se plante devant moi et, comme s'il devinait précisément la raison pour laquelle je suis revenu, il n'ouvre pas la bouche.

— J'ai apporté ma carte d'identité.

— Donnez-nous vos nom et adresse.

Erreur sur la personne. C'est l'un des types de la sécurité qui a lancé cette phrase, tandis que le médecin se contente de me regarder, plongé dans son silence.

— Christos Papadimitrakopoulos, résident en Allemagne.

— Et en Grèce, où habitez-vous ?

— À Aigion, rue Agiou Andreou, numéro 37.

Pour la première fois une faible étincelle luit dans les yeux du médecin. Attend-il quelque chose ? Pourtant il ne parle pas. Il attend simplement. L'homme à qui j'ai décliné mon identité me dit que je suis libre de partir. Et il le répète, sans doute parce que personne ne bouge. Tout à coup une tension s'installe dans la pièce. Quatre mains de gorilles se posent sur mes épaules.

— Je peux vous poser une question ?

Le médecin acquiesce, toujours sans ouvrir la bouche. Devinerait-il par hasard à quel point je désire qu'il articule ne fût-ce qu'un simple mot ? Non, non. Comment pourrait-il le deviner ? Lui ne m'a jamais rencontré auparavant. Reste mon unique question, la dernière pour ce soir. Il faut à tout prix que j'entende sa voix.

— Pourquoi pensez-vous que c'est moi qui l'ai frappée ? Comment osez-vous en être si sûr ?

Il tend tout de suite l'index de sa main droite et montre mon visage. Toujours silencieux.

— Que voyez-vous là ?

— La violence, monsieur Papadimitrakopoulos. Vos yeux vivent dans la violence.

Je me suis de nouveau réfugié dans le parking et je me tiens à côté de la Fiat Panda orange d'Eleni. Les derniers mots du médecin ont dissipé tous mes doutes. Peu m'importent ses assertions et les termes qu'il a employés. Nous vivons tous dans la violence, et celui qui ne le comprend pas, soit il est inconscient, soit il croit encore au Père Noël – non pas un qui apporterait des cadeaux aux enfants, mais un qui empêcherait qu'on les massacre. Eh bien, ne nous payons pas de mots, un type pareil n'existe pas.

Seul le timbre de sa voix comptait. Il y a peu Eva Döbling a loué la chambre 107 à l'hôtel l'Étoile du Port, à Hambourg. Dans cette pièce une vidéo a été tournée. Les deux protagonistes portaient des masques et un autre homme, mettant en scène le spectacle, leur donnait des ordres sans discontinuer. C'était l'ordonnateur resté invisible jusqu'à la fin.

Cette nuit, j'ai reconnu la voix du 107. Le fantôme qui jusqu'à présent se cachait si bien. Monsieur Christos Adam, professeur de médecine, spécialisé en pneumologie.

13

À huit heures cinq du matin, Christos Adam sort par l'entrée principale de la clinique. Le banc du jardin sur lequel j'ai passé les trois dernières heures est dissimulé par un arbuste. Nous faisons tous la même chose – moi avec ma nuit blanche, le docteur avec ses ordres invisibles, Eva Döbling avec son masque noir, Anton Rot avec son message étrange. Tous, nous nous cachons.

Christos Adam marche d'un pas ferme vers le parking, qui a maintenant commencé à se remplir. Je ne prends pas le risque de m'approcher de lui à découvert, ce qui se révèle cependant rapidement une erreur. Il entre dans l'une des voitures garées là, démarre et se dirige vers la sortie. Mes maigres chances de continuer ma filature vont se jouer en quelques secondes. Tandis que je franchis en courant le portail de la clinique, je suis du coin de l'œil la Citroën gris métallisé du médecin. Elle attend au feu du croisement pour s'engager sur le boulevard qui longe l'établissement. Il va forcément passer par l'endroit où je me trouve, mais sur la voie opposée.

Les klaxons des automobilistes se muent en une injure sonore prolongée. Je les imagine en train de freiner en hurlant "Mais il est complètement dingue ce connard !" tandis que je traverse en courant le boulevard et que je saute la barrière métallique séparant les deux sens de circulation. La chance sourit ostensiblement à ma main levée. Quatre voitures avant que la Citroën ne me dépasse, un taxi s'arrête devant moi, m'offrant ainsi une couverture.

— Tu peux suivre la voiture gris m…

Le chauffeur acquiesce, il a déjà compris, pas besoin de longues explications. Trente-cinq minutes durant, nous fumons à qui mieux mieux et ne décollons pas de la voiture du médecin, qui glisse de manière hypnotique dans le large fleuve matinal de la ville. Le trajet se termine. Je paie et vérifie si le chauffeur est muet.

— Où sommes-nous ?

— Daphni, près de chez les fous.

Avant que j'aie le temps de lui demander ce qu'il veut dire, le taxi est reparti. La Citroën argentée s'est déjà garée et le médecin entre hâtivement dans un immeuble noirci par le temps et les gaz d'échappement. Dans l'entrée vitrée, à côté des noms des résidents, il y a une seule plaque :

Cabinet de pneumologie
Dr Christos Adam
4e étage

L'ascenseur en panne est en parfaite harmonie avec le sentiment d'abandon général qui règne dans les lieux. Je gravis l'escalier en nageant dans les odeurs d'huile de friture, d'épices fraîches et de fruits pourris. Il y a vraiment des malades qui viennent dans cette porcherie ? Toutes les probabilités sont chamboulées au quatrième. L'étroit couloir de l'étage est entièrement occupé par une bonne cinquantaine de visiteurs. La file humaine, dont l'extrémité aboutit à une porte précise, attend sans bouger. Je prends ma place au bout de la queue et les regarde, abasourdi, lorsque j'entends pour la première fois le bruit incompréhensible. Dans le silence un imperceptible souffle d'air résonne rythmiquement, comme un halètement souterrain. Je tends l'oreille. Peu à peu l'origine du son se précise. Des poumons. Oui, des poumons. Tous ces gens forment le corps d'une créature maladive qui s'efforce de respirer.

Pourquoi le cabinet du docteur Christos Adam est-il si populaire ? Il s'agit d'un pneumologue éminent, avec une spécialisation en pédiatrie. Il n'y en a pas de meilleur dans tout le pays, tout le monde s'accorde à le reconnaître. Ces informations me sont chuchotées avec des airs de conspirateur par le père qui se trouve juste avant moi dans le couloir du quatrième. Il est assis par terre et caresse la tête de sa fille de huit ou neuf ans qui s'est nichée dans ses bras. À combien s'élève le temps d'attente présumé ? Il peut y en avoir jusqu'à l'après-midi, mais cela n'a aucune importance. La simplicité de sa réponse révèle l'ampleur de mon ineptie. Dans cette file, il n'y a que des parents montés jusque-là avec leur enfant à la recherche d'un souffle de plus. D'une dose d'oxygène. Et tous sont persuadés qu'Adam peut la leur donner. Le temps d'attente ne joue aucun rôle.

Je fais le pied de grue sur le trottoir en face de l'immeuble où se trouve le cabinet médical lorsque mon portable sonne. Tandis que j'échange avec Mme Queneau deux ou trois platitudes mortellement ennuyeuses sur les différences climatiques entre les deux pays, il commence à pleuvoir. Le ciel prouve qu'il dispose d'un rare sens de l'humour. L'impression que Mme Queneau m'a appelé pour prendre de mes nouvelles ou parler des caprices météorologiques du Sud se dissipe rapidement.

— Chris, une grosse enveloppe est arrivée pour toi.

— Qui l'a apportée ?

— Une entreprise de messagerie. Il n'y a pas d'expéditeur. Rien que ton nom et la mention URGENT en lettres capitales. Qu'est-ce que je fais ?

Je flirte quelques secondes avec l'idée de demander à Mme Queneau d'ouvrir l'enveloppe. Un coup de frein brutal de l'autre côté de la rue détourne mon attention. Le vieux break Volkswagen Passat vert olive chevauche le trottoir, le conducteur bondit et ouvre précipitamment le coffre. Ce type, je le connais. Entre-temps, mon dialogue avec Mme Queneau est resté en suspens. Lorsque sa voix réitère la dernière question, je lui demande de m'envoyer l'enveloppe au 37 de la rue Agiou Andreou à Aigion.

— Avec présentation immédiate, ajouté-je à retardement avant de raccrocher.

Le conducteur de la Volkswagen est Stelios, le propriétaire de la barque avec qui j'ai fait une déposition à la capitainerie. À présent il s'efforce d'extirper un paquet volumineux. Le haut de son corps est enfoncé dans le véhicule.

— Tu as besoin d'aide ?

— Dès que je te dis, tu y vas.

Disant cela, il me met quelque chose dans la main et pénètre cette fois à genoux dans le coffre. La lanière rouge que je me trouve tenir s'attache en quatre points à une construction métallique à l'intérieur de la voiture. Impossible d'en voir davantage, le corps de Stelios me bouche la vue.

— Tire ! Tout doucement et régulièrement.

La résistance de la courroie se révèle plus forte que je ne l'attendais. En coordonnant nos mouvements, nous reculons pas à pas sur le trottoir. Stelios, le paquet volumineux et moi formons un absurde alignement. Autour de nous les voitures continuent de klaxonner, la pluie de tomber, la ville grise de s'écailler.

Dans les mains de Stelios il y a un brancard, et sur celui-ci un jeune garçon, maintenu avec des courroies. Il n'a pas plus de douze ou treize ans. Sa beauté me frappe immédiatement, tel un courant d'air froid ou un rasoir aiguisé. Son visage rappelle celui des statues sculptées dans le marbre blanc, avec une symétrie si irréelle qu'elle en devient effrayante.

— Tu nous aides, finalement, ou tu restes là à nous regarder ?

Retour au trottoir, à Daphni. Stelios tient une extrémité de la civière tandis que l'autre est encore appuyée sur le coffre ouvert de la voiture. Il faut nous dépêcher. La seconde extrémité aboutit dans mes mains, la porte de l'immeuble est ouverte d'un coup de pied, je monte les marches à l'aveuglette, avec la peur constante de tomber. Pendant tout ce temps, le regard serein de l'enfant reste fixé sur le même point. Sur moi.

Nul besoin de mots, ni même de signes. La chaîne humaine qui s'étend jusqu'à la porte du médecin s'écarte silencieusement et spontanément dès que nous faisons notre apparition. Nous entrons les premiers, nous roulons littéralement à l'intérieur. Je laisse les poignées du brancard à Christos Adam et la porte se referme derrière moi.

Le temps qui s'était follement accéléré durant l'ascension s'émiette à présent lentement et plane au-dessus de nos têtes. Nous attendons tous ensemble. Quoi ? Qui ? Le docteur Christos Adam ? Ou bien quelqu'un au-dessus de lui ? Pourtant sur les visages, qui, me semble-t-il, m'ont entouré l'espace d'un instant, aucune pitié voilée ne se niche, aucune tristesse ostensible, aucune plainte latente.

Nous suivons le trajet inverse, Stelios à l'avant de la civière et moi derrière. Cette fois il me semble presque familier, je parviens même à distinguer les marches.

Dehors il continue à pleuvoir. Stelios ouvre le coffre et passe les supports du brancard dans les rails métalliques disposés à l'intérieur. Ils ont rouillé, ce qui rend la manœuvre difficile. Il attache l'enfant par deux lanières puis met un masque à oxygène sur son visage ; la bouteille se trouve au pied des sièges arrière.

— Et toi, comment te trouves-tu ici, Christos ? Manifestement, tu n'as pas d'enfant malade.

— Non, mais je voulais… demander quelque chose au docteur.

— Tu ne lui demanderas rien du tout. Il n'a pas le temps. La queue ne finira que tard ce soir.

— Il faut pourtant que je…

— Je vais te donner son numéro de téléphone. Tu pourras l'appeler à onze heures et demie.

— Comment sais-tu quand je dois l'appeler ?

— C'est la seule heure qu'il a à perdre.

— Ma question n'est pas du temps perdu.

— Toutes les questions sont du temps perdu. Tu sais quel travail fait cet homme ?

— Pneumologue.

— Non, non. Tu n'as pas compris. Il est donneur de temps.

— Quoi ?

— Quand ton temps est échu, Adam peut parfois t'en offrir encore un peu. C'est-à-dire un peu de vie.

— Quelque chose comme Dieu ?

— Quelque chose de beaucoup plus utile, car Dieu est en vacances. Tu restes à Athènes aujourd'hui ?

— Puisque je ne vais pas pouvoir rencontrer le docteur… je pense que je vais retourner à Aigion.

— Alors monte dans la voiture. Nous irons ensemble.

La Volkswagen commence à se traîner dans les rues mouillées. Je me retourne pour regarder le siège arrière, mais Stelios me fait signe de ne pas recommencer, tandis que se déversent les premières notes de musique classique. C'est le seul moyen de parler sans être entendus. Stelios profère les mots à voix si basse, au milieu des violons de Vivaldi, que je dois presque lire sur ses lèvres.

L'enfant est né il y a quinze ans – au moins le temps a-t-il été généreux avec lui. Il tient de sa mère – Stelios insiste sur ce point – l'éclat qui laissait sans voix tous ceux qui voyaient pour la première fois le nouveau-né. Les parents avaient de leur côté des raisons bien différentes de rester sans voix. L'admission dans une unité spéciale fut immédiatement décidée. C'était la seule manière sûre de faire face à l'évidente insuffisance respiratoire. Personne ne se risquait au moindre pronostic.

Le système de santé grec, gangrené par la corruption systématique et miné par le délire chronique de l'État, se mit progressivement à utiliser le nourrisson comme une bête curieuse. À l'hôpital universitaire de Rion, le défilé du personnel soignant, des professeurs mais aussi des étudiants en médecine se poursuivit pendant six mois, avec un intérêt nettement décroissant. Le diagnostic définitif tenait à la fois du monument d'imprécision scientifique, de la blague de mauvais goût et de l'oracle de Delphes : "En raison d'un dysfonctionnement pulmonaire aigu, il est impossible de faire face à l'insuffisance respiratoire à ce stade précoce sinon par des méthodes conservatoires éprouvées. L'évolution de la situation selon des critères purement médicaux et par suite l'espérance de vie ne peuvent en aucun cas être déterminées avec exactitude."

Traduction libre : L'administration de l'hôpital veut récupérer le lit. Par conséquent, le père et la mère doivent prendre leur bébé et disparaître. Ils pourront peut-être le maintenir en vie avec une bonbonne d'oxygène et la foi dans les miracles de la nature. Quelque sentier accidenté que suivent les parents à l'avenir, l'État a déjà défini officiellement sa position : Lève-toi et marche.

Dès le début, le couple décide de changer de domicile. Ils se retirent dans un endroit à l'écart, afin que personne ne les voie, que personne ne leur pose de questions. Ils sont déjà écœurés du triste défilé des curieux, de la pitié des gens sains. Ils baptisent leur fils unique Adonis. Hommage à un grand-père ou rappel sarcastique de sa beauté ? Il y a des choses qu'on n'a pas besoin d'apprendre. Malgré les constantes frayeurs, Adonis survit pendant quatorze ans. Non seulement il se développe à peu près normalement, mais souvent il l'emporte sur ses camarades du même âge par ses facultés intellectuelles. Une bonne part de cette évolution inattendue est due à un seul homme. C'est lui qui assume le coût des soins médicaux et de l'éducation de l'enfant à domicile. Cet homme est un médecin.

Le récit s'interrompt brusquement, Stelios ne veut pas en dire plus. Il n'est pas nécessaire que j'entende le nom du médecin qui a pris Adonis en charge. Soudain Stelios propose d'entrer dans Aigion pour me déposer.

— Et comment sortiras-tu Adonis du coffre tout seul ?

— Exactement comme je l'ai chargé.

Le prétexte selon lequel je voudrais voir leur maison a l'air si ridicule qu'il le fait sourire. Cependant il ne refuse pas. Le petit dort et la musique classique, plus douce à présent, continue à jouer sur son élan. Nous continuons à chuchoter.

— Comment se fait-il que tu habites rue Agiou Andreou à Aigion ?

— C'est arrivé par hasard. On m'a loué un appartement dans un bâtiment à deux étages au numéro 37.

— Chez l'avocat Papapostolou ?

— Non, non, il habite ailleurs, lui. Au 37, c'est un certain Costas qui vit là avec sa mère.

— La maison n'est pas à Costas. Comme la moitié de la rue, elle appartient à l'Allemand.

— C'est qui, l'Allemand ?

— Nikolaos Papapostolou. Il a vécu de nombreuses années en Allemagne. C'est là-bas qu'il a fait ses études et qu'il a travaillé. Ça ne fait que sept ou huit ans qu'il est revenu à Aigion. L'argent coulait à flots et il achetait littéralement tout ce qu'il trouvait.

— Est-ce que tu saurais par hasard dans quelle ville il vivait en Allemagne ?

— Je ne sais pas où il a étudié, mais pendant des années il a eu un cabinet d'avocat à Hambourg.

Dix minutes plus tard Stelios me fait signe qu'il va arrêter le moteur et la musique. Nous sommes arrivés à notre destination, au pays du silence. Les voix humaines angoissent Adonis, surtout quand il se réveille. Je sors de la voiture. Les pins encerclent une maison en pierre isolée.

14

Le téléphone sonne quatorze fois avant que Georg Weber ne décroche. Il a mis du temps parce qu'il était en train de nourrir ses oiseaux chanteurs. Il se lève tous les matins à six heures et se met à bavarder avec eux. D'année en année, les cages gagnent du terrain dans son appartement. De quel genre de conversation peut-il s'agir ? Seuls l'inspecteur et les oiseaux le savent.

À six heures et demie du matin, je lui débite mes questions, laissant de brefs silences après chacune d'elles, car je devine qu'il prend des notes.

— Je te rappelle plus tard, me dit-il sobrement avant de raccrocher.

L'aube commence à griffer l'épiderme de la mer, et moi je suis assis dans la cour de Stelios, enveloppé dans une couverture, avec l'humidité qui s'insinue obstinément à travers le tissu. À sept heures et demie, le soleil n'a toujours pas décidé s'il allait se montrer.

La fatigue nous a terrassés quand nous sommes arrivés ici hier. Le transport de la civière a pris environ quinze minutes, avec des gestes prudents et silencieux. Stelios a couvert l'enfant endormi et nous sommes sortis de la chambre sur la pointe des pieds. Plus tard le soir, au cœur du calme des ténèbres, le bois de pins rappelait la frontière liquide d'une autre dimension. Je n'avais plus de cigarettes. Je lui ai demandé s'il fumait.

— C'est formellement interdit, a-t-il répondu, le regard fixé dans la direction opposée.

Que regardait-il ? La mer, naturellement.

J'ai accepté sans hésiter le canapé qu'il me désignait. Je me suis immédiatement endormi et, quand je me suis réveillé, j'ai eu l'impression que ce sommeil n'avait duré que quelques minutes. En réalité il était cinq heures du matin, le jour n'était pas encore levé. Stelios, déjà vêtu de son ciré jaune, me secouait. Il a attendu que je m'habitue aux ombres de la maison, puis m'a demandé de m'occuper d'Adonis. Je ne savais pas ce que cela signifiait – lui le savait.

— Tous les quarts d'heure tu entreras dans la chambre pour écouter sa respiration. Tu dois contrôler son niveau sonore. Si quelque chose ne va pas… tu t'en rendras compte. Le bruit est décuplé, cela devient un râle.

Ont suivi des instructions simples concernant le fonctionnement des appareils à oxygène, installés presque dans chaque coin. Avant que j'aie le temps de formuler ma première question, Stelios était parti. Vers où ?

— Je vais chez moi, a-t-il murmuré avant de disparaître.

Il m'a fallu un peu de temps pour comprendre qu'il parlait de la mer. Maintenant l'enfant dort, tranquille et immobile, dans la chambre du fond. À huit heures précises, je me penche de nouveau au-dessus de son corps couché sur le dos. Comment m'assurer autrement qu'il respire normalement ? Sa paume se pose sur la mienne. Il s'est réveillé. Sa main droite se tend fermement en direction d'une partie de la chambre plongée dans l'obscurité. J'ouvre un peu plus la porte et finis par distinguer une série d'étagères avec des livres.

Je reviens vers le lit avec *Le Livre de la jungle* et *Le Petit Prince*. Adonis pose le bout de ses doigts sur le *Petit Prince*. J'aurais fait le même choix. Il replie son oreiller en deux, cale son dos dessus et se redresse dans son lit. Maintenant, c'est à moi de jouer.

Cela fait des années que je n'ai pas lu du grec. Je bute sans arrêt sur les mots ou je les accentue de travers, je perds le rythme. Mais mon éloignement de la langue et le faible jour matinal qui entre par la porte ouverte ne sont pas les seuls responsables. Il y a encore une autre raison. Tandis que cet auditeur silencieux est pendu à mes lèvres avec tant d'innocence, je sens qu'il se mue en témoin. De l'histoire du livre, de mon propre passé, de notre présent à tous. Témoin de la vie. Ou de son absence.

Ai-je déjà lu tout le livre ? *Le Petit Prince* est-il vraiment si court, ou est-ce que j'ai entre les mains une édition spéciale pour les enfants ? Après la dernière phrase, le visage d'Adonis s'éclaire d'un sourire fugace. Il déplie l'oreiller, s'allonge de nouveau dans sa position initiale et sombre dans le sommeil.

À neuf heures et demie, Stelios revient enfin. Je m'attends à ce qu'il s'enquière de l'enfant mais rien de tel ne se produit. Un enthousiasme nerveux le possède.

— Tu aimes le mérou ?

— Qu'est-ce que c'est ?

— Tu ne connais rien aux poissons.

— Tu as attrapé un mérou ?

— Je ne l'ai pas attrapé. Je l'ai tiré.

— Quelle différence ?

— Énorme. Ce n'est pas un poulet qu'on attrape. Si tu veux tirer un mérou, il faut plonger.

Il laisse là son café, se lève et me fait signe de le suivre. Difficile d'évaluer la distance tandis que nous traversons l'épaisse pinède. La barque surgit devant nous, amarrée dans un petit port naturel. Il tire sur le câble et nous sautons dedans depuis l'extrémité du vieux ponton de bois branlant. Il me montre immédiatement le mérou. Le poisson, étalé sur le fond de la barque, a l'air de se reposer après un voyage dans les profondeurs du temps. Il est beaucoup plus gros que je ne l'imaginais.

— Douze kilos. Adonis en pèse vingt-quatre. Deux poissons en une seule pesée. Tu comprends ?

— Qu'est-ce qu'il y a à comprendre ?

— C'est la contrepartie. La revanche. Je descends avec des bouteilles d'air comprimé et je tire sur des poissons. Le plus souvent, ils sont encore vivants lorsque je les ramène à la surface. Il faudrait que tu voies comme ils se débattent dans les affres de leur agonie pour tenter de respirer hors de l'eau. Et quand mon tour est finalement venu, j'ai fait un enfant qui ne peut pas respirer sans l'aide de bouteilles semblables à celles que j'utilise.

— Qu'est-ce que tu vas t'imaginer ? La fragilité du petit n'a rien à voir avec tes plongées sous-marines. Il a été prouvé que les qualités acquises de l'homme ne…

— Ça va, ne viens pas me faire des leçons de rationalisme, maintenant. Tu es stupide ? Ou tu crois que je le suis, moi ? Je ne dis pas que parce que j'ai appris à jouer aux échecs mon fils va savoir automatiquement y jouer lui aussi. C'est la justice qui nous perd.

— Quelle justice ?

— Celle qui nous baise avant même qu'on s'en rende compte. Il n'y a pas d'excuses ni de restitutions possibles. Puisque je tue des poissons avec des branchies, j'ai eu un enfant sans poumons. Il ne peut même plus se tenir debout, maintenant.

— Il ne marche pas ?

— Pas quand il a des crises. Il est alors presque paralysé. Sans masque à oxygène, il n'en a pas pour plus de quelques minutes.

— Ces crises surviennent tous les combien ?

— Il n'y a pas de règle. En tout cas de plus en plus souvent.

— Une greffe ?

— Tu veux savoir les chances de réussite ? Une sur un million. Même s'il se trouve un donneur, il y a ensuite toute une kyrielle de problèmes. Un enchaînement sans fin, et bien sûr ça coûte une fortune. Tu sais combien j'ai d'argent aujourd'hui ?

Il me montre le mérou, brillant de manière étrange sous le miroitement du soleil qui vient juste de faire son apparition. Je me dis souvent que cette boule jaune ne sort parfois que dans le seul but d'éclairer une chose en particulier. Quoi donc ? Aujourd'hui, le mérou.

Pour certaines personnes, l'avenir se dessine si tôt qu'il ressemble à une marque congénitale. Il l'avait pressenti dès le matin de sa première plongée. Il se sentait dans la mer comme les autres dans leur maison. Il n'avait pas encore douze ans. À dix-neuf ans, il était déjà considéré comme un professionnel. Bien que son père possédât une quincaillerie très bien achalandée à Aigion, Stelios ne s'occupait que de plongée. Tout ce qui avait affaire avec les profondeurs : naufrages anciens ou récents, pompes à pétrole, accidents ordinaires, mesure des fosses marines, sauvetages critiques, repêchage de cadavres. Tango avec le danger, et pour le paiement une règle simple : moins il y a de volontaires disposés à plonger et plus la rémunération des autres augmente. Plus on plonge profond et plus on flirte avec la probabilité de rester au fond. Golfe Persique, mer Noire, Japon, Baltique, Venezuela,

Indonésie, Namibie, golfe du Mexique. Bon salaire, nombreux voyages, rien à redire. Mais lorsqu'il était revenu à Aigion, il avait rencontré Amalia. En quinze jours ils étaient mariés et...

À cet endroit précis, le récit s'arrête net. Stelios se dirige vers la chambre de l'enfant. Il est midi et je dois partir. J'ouvre la porte pour sortir. La maison derrière moi semble une illusion qui s'efface. Je marche le long d'une voie ferrée abandonnée. Des chemins de terre succèdent à des tronçons d'asphalte défoncé. Et des arbres, partout des arbres. Je trouve un arrêt et à un moment un autobus arrive. Je viens de m'installer dans la dernière rangée de sièges lorsque mon portable sonne. La mention "Georg Weber" clignote à l'écran. L'inspecteur de Friedrichstadt toussote avant de commencer son monologue.

Nikolaos Papapostolou obtient en 1967 son diplôme de l'école de droit de Heidelberg avec la mention très bien. Deux bourses successives du gouvernement allemand lui permettent d'acquérir une spécialisation en droit pénal et une autre en criminologie. Ses résultats sont exceptionnels, une carrière académique se profile déjà. Il décide pourtant de se lancer dans l'activité d'avocat. En 1984 commence sa collaboration avec Manfred Winkel, l'un des avocats pénalistes les plus réputés de Hambourg. La société qu'ils fondent emploie de nombreux avocats, qui restent sous l'autorité des deux hommes. En 2007, après un parcours jalonné d'indéniables succès, Nikolaos Papapostolou abandonne de manière assez brusque à la fois sa position prestigieuse et l'Allemagne. L'heure a sonné du retour dans sa ville natale en Grèce – c'est-à-dire à Aigion. À partir de ce moment, Manfred Winkel gère seul le cabinet d'avocats, jusqu'à sa mort en 2013. Nikolaos Papapostolou ne s'est jamais marié et ne semble pas – du moins selon cette brève enquête – avoir eu d'enfant.

Weber arrête là sa narration téléphonique, me laissant ainsi le temps d'assimiler les données. L'inspecteur se distingue par deux habitudes qui sont rarement alliées : il aide toujours et ne demande jamais pourquoi. Cependant, coupant court à mes velléités de remerciements, il me demande maintenant si je suis prêt à entendre la suite. Je me suis donc trompé. Le temps qu'il m'a laissé n'était pas destiné à l'assimilation mais à la préparation. Il répète en effet :

— Tu es prêt ?

Ses efforts sont vains – aucun délai ne saurait me préparer à la phrase qui suit :

— En 2008, une femme est embauchée comme secrétaire par le cabinet d'avocats Winkel & Papapostolou ; son nom est Eva Döbling.

Je suis rentré à la maison. Malgré mon insistance importune au téléphone, à l'autre bout de la ligne un jeune avocat répétait calmement la même réponse : M. Nikolaos Papapostolou était dans l'impossibilité de me recevoir avant ce soir dix heures, n'ayant aucun créneau de libre plus tôt pour un rendez-vous.

À part les cigarettes, il y a *Agamemnon*. Dans une traduction allemande je comprendrais mieux Eschyle, mais en même temps je perdrais la résonance de certains mots grecs qui ont conservé jusqu'à nos jours leur racine ancienne. Dans le livre que Papapostolou m'a donné, le texte original est confronté page par page à la traduction en grec moderne.

À sept heures et demie, un coup frappé à la porte interrompt ma lecture. Il me semble que je me hisse hors d'un puits, tant j'émerge lentement de ce monde qui a la force de voyager sans discontinuer depuis deux millénaires et demi.

En haut de l'escalier se tient un type à cheveux longs, employé d'une entreprise de messagerie. Il me faut cinq bonnes minutes pour le convaincre que Chris Papas, le destinataire dont le nom figure sur l'enveloppe, et Christos Papadimitrakopoulos, ainsi que me désigne mon passeport, sont bien une seule et même personne. Mme Queneau a pris l'habitude de mon pseudonyme professionnel et n'a pas pensé à écrire mon véritable patronyme.

— Pourquoi avez-vous changé votre nom ?

— Parce qu'aucun Allemand à ce jour n'a réussi à prononcer “Papadimitrakopoulos”.

Satisfait de l'explication, il sourit, me remet enfin l'enveloppe et s'en va. Dès que je l'ouvre, une nouvelle surprise m'attend. La plus inconcevable de toutes. Il faut absolument que je voie Nikolaos Papapostolou.

15

Finalement, que raconte le mythe d'Agamemnon ? La chronique d'une froide et patiente vengeance ? Non. Pas seulement. Pourquoi Clytemnestre le tue-t-elle ? Parce qu'il est revenu de son expédition avec une nouvelle amante ? Mais cela, elle aurait fini par le lui pardonner, d'ailleurs elle-même s'était trouvé un nouvel homme. Agamemnon n'est pas le chaînon qui doit céder pour être remplacé par un autre. Il s'agit d'autre chose, d'un conflit archaïque, presque transcendant.

Le roi glorieux a été mis à nu bien des années auparavant, à Aulis. C'est là qu'il a fait son choix, là qu'il a jeté le masque, là que son avenir a été tracé. À ce moment, la possibilité de sauver Iphigénie lui a été donnée. Si ce n'était pas là une décision vitale, alors qu'était-ce ? Il aurait pu soustraire sa propre fille à la mort. Agamemnon cependant a choisi le trône, le commandement si désiré, l'image de sa toute-puissance. Devant les armées assoiffées de sang, quelle est finalement la seule personne qui ait osé se tenir à côté de l'agneau de dieu ? En face de la foule qui poussait des clameurs enragées, qui a pris place à côté de l'enfant agenouillée ? Clytemnestre. Alors tout a été pesé. Tout a été jugé. Clytemnestre a défendu la vie, tandis qu'Agamemnon l'a trahie. Elle ne lui pardonnerait pas un tel choix. Quand bien même elle l'aurait voulu, elle n'aurait pas pu.

Elle a donc patiemment attendu qu'Agamemnon rentre d'expédition. Car elle devait solder son compte de ses propres mains. Elle l'aurait attendu aussi longtemps que nécessaire, des milliers d'années s'il avait fallu, jusqu'à la fin des temps. Certaines dettes ne se règlent que par l'anéantissement. Quand Clytemnestre le tue enfin, elle n'ouvre pas une plaie. La plaie existe déjà et prospère. La plaie est Agamemnon lui-même, puisqu'en lui se reflète si clairement le genre humain tout entier, qui préfère la mort à la rédemption. Clytemnestre l'égorge dans le seul et unique but de remuer le couteau dans cette plaie séculaire. Laquelle, une fois qu'elle est apparue, est destinée à saigner continuellement. La plaie intérieure que nous porterons en nous jusqu'à la fin.

À dix heures du soir exactement, il me reçoit dans son salon. Je préférerais son bureau d'avocat, mais ce n'est pas moi qui choisis. Une heure est déjà passée et j'ai encore du mal à m'habituer à cet endroit. Il ressemble de plus en plus à l'antichambre du chaos et non pas à une pièce d'habitation. Nikolaos Papapostolou n'est plus avocat, du moins devant moi. Il a certainement dû jouer ce rôle avec maestria dans le passé, devant beaucoup d'autres. Ce soir cependant, il ne me rencontre pas pour tenir un dialogue, ni pour faire mine de résoudre un de mes problèmes.

Pour quelle raison ne m'a-t-il pas révélé que la maison où j'habite rue Agiou Andreou lui appartient ? Pourquoi a-t-il passé sous silence sa carrière en Allemagne ? Comment est-il possible qu'il n'ait pas même mentionné le fait qu'il a vécu et travaillé pendant des décennies à Hambourg, c'est-à-dire dans la même ville que moi ? Quelle relation avait-il finalement lui-même avec la morte, Eva Döbling ? Est-ce par hasard que celle qui a été pendant des années la secrétaire de son cabinet d'avocats en Allemagne s'est noyée à quelques kilomètres de sa ville natale en Grèce ?

Mes questions restent toutes uniformément sans réponse. La conscience de ma faiblesse a peu à peu cessé de me préoccuper. Depuis un moment, Papapostolou se tient debout devant la verrière et moi j'observe son dos immobile tandis qu'il parle avec passion du mythe des Atrides. Ses mots tombent en avalanche, impossible de les retenir tous.

À certains moments, il me semble qu'il n'est pas le monsieur vieilli que j'ai rencontré la première fois dans son bureau. Depuis le soir de la représentation d'*Agamemnon*, il s'est métamorphosé en une ombre inconnue, surgie de quelque tragédie. Je le laisse monologuer en buvant mon whisky. Même un petit enfant comprendrait qu'il n'y a pas moyen d'influer sur un acteur qui divague.

Soudain, comme s'il était arraché de force à sa péroraison, il se tourne pour me faire face. D'aussi loin qu'il vienne, il est revenu dans l'immense salon.

— Qui a tué Eva Döbling, monsieur Papadimitrakopoulos ?

— Je n'en ai pas la moindre idée. Mais si je le savais, pourquoi vous le dirais-je ?

— Parce que dans ce cas je répondrais volontiers à toutes vos questions.

— Ce qui signifie que vous me cachez délibérément un tas de choses.

— Monsieur Papadimitrakopoulos, avec le métier que vous exercez, vous devez avoir assimilé cette règle d'or : on ne doit jamais administrer plus de vérité que ne peut en supporter l'autre.

— Vous soutenez donc que mon ignorance me protège ?

— Laissez-moi en juger. Ne soyez pas si impatient.

— Très bien, il est temps que je parte, alors.

— Notre discussion sur le drame antique vous procure-t-elle donc un ennui à ce point insupportable ?

— Nous ne discutons pas. Vous parlez, moi j'écoute. Et non, je ne trouve pas ça ennuyeux du tout. Il y a cependant quelque chose de beaucoup plus intéressant pour moi… ce soir spécialement.

— Un rendez-vous ?

— D'une certaine manière.

— Avec une jeune femme, je suppose. Les Grecques sont très belles et…

— Non, non. Un rendez-vous avec une enveloppe fermée.

Ma dernière carte. Probablement la seule qui m'ait été donnée jusque-là. Je me lève et sors l'enveloppe du sac en papier que je garde obstinément à la main depuis que je suis entré dans la pièce. Il fait deux pas vers moi, essaie de voir. La faible lumière de la lampe de salon ne le lui permet pas. À mon tour de jouer.

— Cette enveloppe, monsieur Papapostolou, porte votre nom. Normalement c'est à vous que je devrais la remettre.

— Alors j'attends que vous agissiez en ce sens.

— Ne soyez pas si impatient, vous non plus.

J'arrive à la porte. Le jeu inconnu dans lequel nous sommes entraînés continue à se trouver entre mes mains. Il y a encore la possibilité que je garde l'enveloppe et que je disparaisse. Dans ce cas le jeu s'échappera bientôt comme un animal sauvage. Personne ne pourra le dompter. Il sera désormais libre, prêt à mordre ce qui se trouvera sur sa route. Prêt à me déchirer.

— Monsieur Papadimitrakopoulos, parlez-moi maintenant de votre affaire à vous. Celle qui vous tourmente.

— Le paquet qui est arrivé à mon bureau à Hambourg contenait deux enveloppes, l'une dans l'autre. On m'a fait suivre en Grèce la première, sur laquelle était inscrit mon nom. Je l'ai reçue il y a peu et, en l'ouvrant, j'ai trouvé un petit mot dans lequel quelqu'un me priait de vous remettre la seconde enveloppe. C'est-à-dire celle-ci… que je tiens entre mes mains et qui est toujours fermée.

— Alors pourquoi refusez-vous de me la remettre ?

— Parce que l'expéditeur de l'ensemble du paquet est mort il y a quelques jours.

— Qui est cet expéditeur ?

— Il s'appelait Anton Rot. Je ne sais ni pourquoi ni comment… mais je suis sûr que vous le connaissez.

Papapostolou fait encore deux pas dans ma direction et tend la main – il lui est désormais impossible de se contenir. Pendant un instant, j'ai la certitude qu'il est même prêt à se battre avec moi. Instinctivement, je colle l'enveloppe contre ma poitrine. Sa voix sonne altérée, totalement méconnaissable.

— Donnez-moi ce qui m'appartient.

— Monsieur Papapostolou, avec le métier que vous exercez, vous devez avoir assimilé cette règle d'or : on ne peut jamais rien prendre sans donner quelque chose en retour.

— Mais à la fin, que voulez-vous de moi ?

— La vérité.

— Non, vous vous trompez. Vous ne cherchez pas la vérité. Donnez-moi l'enveloppe et dites une somme. Le salaire maximum pour ce que vous avez déjà fait. Dès demain matin, je virerai l'argent sur votre compte, et demain soir vous dormirez en sécurité dans votre bureau de Hambourg. Croyez-moi, vous n'avez aucun intérêt à vous mêler davantage de toute cette histoire.

— Cela, laissez-moi en juger.

Il s'éloigne de moi et, au fur et à mesure qu'il s'approche de la bibliothèque, glisse dans une contrée étrangère. Il tarde à parler. Il a pris sa décision, lui. Mais moi ? Pourquoi ne pas accepter son offre ? Peut-être devrais-je tout simplement suivre son conseil et disparaître. Je n'ai ni client ni obligations. Alors, pourquoi je reste ? Est-ce par curiosité ? Non, il ne s'agit pas de curiosité. Alors, qu'est-ce qui m'a ferré et me tire vers le cœur du mystère ? Je ne peux me le figurer.

— Le diable vous a-t-il jamais emporté, monsieur Papas ?

— De nombreuses fois.

— Pas métaphoriquement. Littéralement. Si vous n'écoutez pas mon conseil, il va vous emporter.

— J'accepte le risque.

— Vous n'acceptez rien du tout. Vous êtes naïf et ignorant. Mais puisque vous insistez, je vais vous faire ce plaisir. Vous allez me remettre l'enveloppe et moi, en échange, je vais vous raconter une histoire vraie.

16

Dès le début, les avis furent partagés. Impossible de supputer qui soutenait l'une et qui l'autre, ni de quel côté pencherait finalement la balance fragile de la majorité. Immédiatement après la proclamation des résultats, le public éclata en applaudissements spontanés. Les prétextes à faire la fête devenaient de plus en plus rares ces derniers temps.

Néféli l'emporta de justesse, avec quatre suffrages en sa faveur. Il y avait sept juges en tout, les trois autres votèrent pour Maria. Pas le moindre soupçon de contrariété n'assombrit le visage des deux jeunes filles à la suite de la décision finale du jury. Les deux amies s'aimaient comme des sœurs, elles n'allaient tout de même pas prendre au sérieux un concours de beauté local. Elles riaient de ces titres comiques et des acclamations bruyantes de cette fête du 22 août 1939. Elles venaient juste d'être sacrées "les deux plus jolies filles de la ville". Le photographe les immortalisa sur l'estrade de bois qui avait été construite pour l'occasion, enlacées et souriantes, comme si elles éprouvaient une joie ineffable.

Cette photographie a été conservée jusqu'à nos jours et qui la tient dans ses mains se sent en présence de l'indicible. Il ne s'agit pas seulement de leur beauté, que le papier quoique très détérioré a réussi à garder vivante.

Comme elles font face à l'objectif, on peut lire dans leur regard la promesse d'une félicité sans bornes, sorte de présage inversé de tout ce qui allait suivre. Il est possible toutefois que je me trompe, que j'imagine des choses qui n'existent pas.

Cette photographie communique en tout cas quelque chose d'indicible. Je ne parle pas du papier jauni, mais de la représentation elle-même de ce jour du concours de beauté. Certains disent que les photographies sauvent des instants de l'oubli, des gens de la disparition. Dans le cas des deux jeunes filles c'est le contraire qui s'est produit. La photographie a condamné. Qui ? La liste est longue.

Quand le cours incertain de la guerre entra dans l'année 1944, tout le monde pouvait pressentir une aggravation rapide de la situation. Au reste, des millénaires d'histoire humaine nous le confirment. Celui qui se rend compte qu'il va être vaincu entame un véritable processus de métamorphose. Les signes du changement naissent d'abord à l'intérieur avant de se répandre brusquement à l'extérieur, dans un embrasement général. Le vaincu doit laisser derrière lui une terre brûlée. Les événements de Kalavryta inaugurèrent l'époque de la terreur absolue.

Au terme d'un bref combat, le 17 octobre 1943, les partisans grecs réussirent, de manière plutôt inattendue, à capturer soixante-dix-sept soldats allemands. S'ensuivirent des négociations entre les deux parties adverses au village de Skepasto. Au début, les partisans demandèrent en échange la libération d'un certain nombre de leurs compagnons faits prisonniers dans des combats ainsi que de communistes incarcérés, cependant les Allemands s'obstinèrent à exprimer des objections, spécialement à l'égard de la deuxième catégorie. Par la suite la situation s'envenima, les partisans allant jusqu'à proférer des menaces à l'encontre des membres de la délégation, car l'attitude arrogante des Allemands les avait irrités. La tentative suivante de conciliation entre les deux parties échoua de nouveau.

Le 29 novembre 1943, les partisans envoyèrent leur dernière proposition, accompagnée de la liste nominative des Grecs détenus dans différents camps de concentration en Allemagne qu'il fallait libérer. On considère comme probable que cette liste comprenait le nom du fameux communiste grec Nikos Zachariadis, lequel était interné à Dachau. En même temps les partisans demandaient que soit observé le rapport de proportion bien connu : cinquante prisonniers grecs auraient un poids équivalent à un captif allemand. On appliquerait ainsi scrupuleusement, en l'inversant, la règle que les occupants eux-mêmes avaient édictée pour les représailles de masse. Depuis le début de l'occupation allemande, dans cette balance inégale, chaque Allemand mort avait le poids de cinquante Grecs exécutés. Naturellement, l'échec des dernières négociations était inévitable et fut définitif.

Le général Karl von Le Suire, commandant de la 117e division de chasseurs, donna alors à ses troupes l'ordre de libérer coûte que coûte les Allemands prisonniers. Les portes venaient de s'ouvrir toutes grandes à une violence sans limite. Le sang bouillait et ne pouvait attendre davantage. Mais le peut-il jamais ?

Le 7 décembre 1943, les partisans procédèrent à l'exécution des soixante-dix-sept captifs. En réponse, le général von Le Suire ordonna des représailles, afin de restaurer l'honneur bafoué de la Wehrmacht. L'opération Kalavryta, désormais célèbre, fut finalement confiée au colonel Hans Ebersberger. Les troupes allemandes, tandis qu'elles se dirigeaient vers Kalavryta, exécutèrent cent quarante-trois hommes dans les villages environnants et livrèrent aux flammes, après les avoir pillées, environ huit cent cinquante maisons.

Le matin du 13 décembre 1943, un jour maussade, couleur gris cendre, s'était levé et un brouillard épais recouvrait toute la région. Comme s'il devinait ce qui allait se passer, le temps essayait de restreindre la vision humaine. Les soldats allemands enfermèrent dans l'école de Kalavryta les femmes et les garçons de moins de quatorze ans, puis ils traînèrent les hommes en dehors du village. Sans perdre de temps, ils les exécutèrent de longues rafales de fusils-mitrailleurs. Environ mille quatre cents hommes tombèrent morts. Dans le crâne de la plupart d'entre eux, il y avait un trou supplémentaire : le coup de grâce, autrement dit le baiser de la mort. Tout dépend de la personne qui le décrit.

Par un moyen que l'on ne s'explique pas, et qui conviendrait davantage à un conte qu'à une exécution collective, les femmes et les enfants réussirent à s'évader de l'école barricadée. Quelques minutes plus tard, ils auraient été livrés aux flammes. La légende veut qu'un soldat allemand anonyme – encore une preuve que les héros n'ont pas de nom – ait déverrouillé les portes et les ait laissés s'échapper.

Certains historiens avancent que la communication linguistique problématique entre l'armée allemande et les partisans a pu constituer une des raisons de la tragédie. Le lieutenant helléniste Franz Juppe, qui avait dirigé les négociations, aurait peut-être pu écrire une notice nécrologique intitulée "Perdus dans la traduction". Cependant, l'exécution à froid de mille quatre cents civils renvoie selon toute probabilité à quelque chose de plus grave, de plus profond qu'à une simple insuffisance de traduction.

Néféli avait désormais vingt-trois ans et était mariée avec Dimitris Papapostolou. Le 18 décembre 1943 naquit leur premier et unique enfant. Ils auraient dû se réjouir, mais cela n'allait pas de soi. En raison de leur fragilité, les bébés couraient les plus grands dangers. Ils vivaient à une époque où le monde était sens dessus dessous, si bien que les naissances étaient généralement source d'inquiétude alors que l'on se réjouissait de certaines morts.

Maria était encore célibataire. Dans le quartier on savait qu'Andreas l'avait demandée en mariage, mais qu'elle avait refusé. On murmurait qu'elle gardait le deuil de son petit frère Sotiris, mort du tétanos quelques mois auparavant, à l'âge de douze ans. Les médicaments et les piqûres étaient des articles relevant d'un luxe inaccessible, à l'heure où il fallait livrer un combat quotidien pour le pain. Il était possible aussi que le deuil ne constitue qu'une excuse et qu'elle n'ait pas voulu de cet Andreas pour mari. Comment le savoir ? Maria s'était désormais métamorphosée en une figure maigre et sèche qui ne portait que du noir, parlait très peu et restait continuellement cloîtrée chez elle. Cette assignation à domicile d'un genre particulier ne résultait pas exclusivement de sa propre volonté, il y avait des consignes pratiques précises pour les jeunes femmes de la ville. Elles se trouvaient sous le coup d'une constante menace et en aucun cas il ne leur était permis de circuler dans les rues avec insouciance.

Début 1944, les Allemands inaugurèrent la Maison de la Vérité. D'autres "maisons" similaires existaient dans différentes villes, mais leurs dénominations variaient. Personne ne se souvient du jour exact de l'inauguration à Aigion – il y a des anniversaires qu'il vaut mieux oublier. Le bâtiment de deux étages s'élevait juste au-dessus de l'entrée la plus haute de l'église de la Panagia Trypiti, "Notre-Dame-de-la-Grotte". Le sentiment d'isolement était fort, ce n'était d'ailleurs pas par hasard que cet emplacement avait été choisi. Une pinède en pente s'étendait au sud et à l'ouest. Il n'y avait que deux autres maisons à proximité, qui furent immédiatement réquisitionnées par l'occupant. Devant passait la rue Agiou Andreou et juste en face commençait un ravin abrupt, voisinage qui conférait au bâtiment un air de château au petit pied.

Je m'abstiendrai de raconter dans le détail tout ce qui s'est passé là-dedans. Du reste, la plupart de ces choses ne peuvent se décrire. Du moins pas avec des mots creux, et parfois tous les mots ont l'air creux. La douleur a sa propre langue et tout le monde sait qu'il n'y a qu'une manière de la comprendre. Elle doit parcourir vos veines. Certains vieillards soutiennent que les hurlements des détenus martyrisés trouaient les murs de pierre du vieux bâtiment et voyageaient à des centaines de mètres de là, pour aller s'unir aux psalmodies des prêtres effarés de l'église de la Panagia Trypiti.

En janvier 1944, le général Karl von Le Suire sentit trembler sa main gauche. Il le nota dans son journal à couverture cartonnée, qui est parvenu jusqu'à nous. Ce n'était pas la première fois que cela lui arrivait. Dans les situations de crise, ce tremblement l'avertissait que la fin était proche. "La fin de quoi ?", s'interrogeait-il pour conclure dans son journal. La question resterait sans réponse.

Le colonel Wolfgang Rappe de Berlin venait juste d'envoyer au général un document de trois pages. Outre diverses autres informations et recommandations détaillées, il contenait la description analytique d'une nouvelle méthode d'interrogatoire. Il était désormais clair que toute information susceptible de conduire au démantèlement de la résistance grecque devait être recueillie immédiatement et à n'importe quel prix. Pour nombre d'officiers de la Wehrmacht, l'ombre de la défaite semblait infiniment plus repoussante que la mort elle-même.

"Mes ordres sont décochés avec la vitesse et la détermination de flèches de fer", écrivait le général dans son journal. Et il continuait : "Tous les détenus qui passent le seuil de la Maison de la Vérité ont un devoir et un seul : avouer la Vérité. Je suis sûr que la nouvelle méthode les y aidera."

Le 14 janvier 1944, l'un des deux jeunes capitaines à qui avait été confié le commandement de la Maison demanda à visiter l'endroit où étaient conservées les archives de la ville. Le lendemain matin, on le conduisit dans une salle en entresol de l'ancienne mairie. Avec l'aide d'un autre officier, qui connaissait le grec, ils commencèrent à lire divers documents et listes d'habitants. Ils voulaient pêcher certains noms de citoyens qui, en raison de liens de parenté ou d'autres particularités, étaient susceptibles d'entretenir des relations avec les partisans. Alors qu'ils étaient en train de fouiller et de feuilleter tout ce qui leur tombait sous la main, l'officier helléniste poussa une vive exclamation d'admiration. Le capitaine s'approcha de lui et émit un son similaire. La photographie, échappée d'un dossier quelconque, représentait deux beautés souriantes. Est-ce le type méditerranéen des jeunes filles qui enthousiasma les deux hommes, ou bien le contraste singulier avec l'instant qui décidait de leur destin ? La beauté semble avoir un tel pouvoir catalyseur face à la peur de la mort.

Pour des officiers allemands, rien ne présentait de difficulté à cette époque. Les deux jeunes femmes furent identifiées le jour même, arrêtées et conduites directement à la Maison de la Vérité. Sous quel chef d'accusation ? Ne soyons pas naïfs, il ne s'agissait pas de ça. Les Grecques ne se retrouvaient pas là pour avouer des secrets de partisans ou des plans d'offensives armées. Dès l'instant où la photo du concours de beauté de 1939 avait fait irruption dans la réalité, les prévenues avaient endossé un rôle et un seul : divertir les futurs vaincus.

Le lendemain soir, 16 janvier 1944, l'officier helléniste qui avait découvert la photographie des jeunes filles se présenta à la Maison de la Vérité et exigea d'emmener l'une des deux détenues. Les deux capitaines commandant la Maison étaient absents, convoqués la veille au matin à Perigiali, près de Corinthe, pour un rapport spécial devant le général Karl von Le Suire en personne. Le sergent-chef qui les remplaçait demanda à l'officier pour quelle raison ce transfert devait avoir lieu à une heure aussi tardive. "Ordre venu d'en haut", lui répondit sévèrement celui-ci, coupant court ainsi à toute velléité de discussion.

L'officier resta un moment immobile devant les deux jeunes femmes, qui attendaient serrées l'une contre l'autre dans la pièce la plus glaciale. Manifestement en désaccord avec l'issue du concours, il choisit Maria et l'emmena avec lui. Dans sa déposition, le planton qui montait la garde à l'entrée de la Maison déclara qu'ils avaient descendu les marches de la Panagia Trypiti, la prisonnière devant et l'officier derrière. Ce fut la dernière fois que quelqu'un vit Maria et l'Allemand.

On les chercha beaucoup. Vraiment beaucoup. C'était devenu une désastreuse question d'honneur pour les troupes allemandes. Il fallait retrouver le traître. Un tas de gens franchirent le seuil de la Maison de la Vérité les jours suivants. Presque toute la famille de Maria, de nombreux amis, des voisins. Malgré les cris fréquents d'ultime désespoir, aucun d'eux ne fit la moindre révélation. La conclusion était claire et en même temps inconcevable : personne ne savait ni où ni comment ils avaient disparu. Apparemment la terre s'était ouverte et avait englouti ce couple honni. Les recherches s'arrêtèrent au bout d'une semaine, après une nouvelle attaque des partisans. La Maison de la Vérité avait désormais d'autres affaires importantes à élucider.

Pouvez-vous imaginer qui, plus que tout autre, a cherché ce couple, monsieur Papadimitrakopoulos ? Non ? Moi. C'est moi qui ai voulu coûte que coûte les retrouver. J'ai consacré ma vie à les poursuivre. J'emploie le pluriel, bien sûr, quoiqu'il faudrait maintenant passer au singulier. Parce que Maria, je l'ai trouvée au début de ma quête, en 1961. Elle reposait au cimetière de Karditsa, sous une croix blanche toute simple portant l'inscription :

Maria Ikonomou
1920-1947

Où l'officier allemand se cachait-il, cependant ? Comment s'appelait-il ? Qu'est-ce qui l'avait poussé à prendre Maria avec lui et à laisser Néféli ?

Dans tout ce qui restait d'archives allemandes, j'ai trouvé divers éléments concernant des officiers de la Seconde Guerre mondiale, mais pas la moindre trace de cet homme-là. Il avait réussi à demeurer toujours obstinément inconnu. Je ne savais qu'une chose de lui : il était helléniste. Je compris donc que pour augmenter mes chances de découvrir son identité, je devais suivre le chemin inverse du sien. L'heure était venue pour moi de devenir germaniste.

Ce choix ne m'a pas nui, bien au contraire. J'ai appris la langue, vécu en Allemagne, étudié dans les plus fameuses universités. Il faut rendre à César ce qui est à César. Les Allemands ne m'ont jamais offensé, jamais rabaissé, jamais fait de tort. Bien au contraire. En récompense de ma peine, j'ai obtenu deux bourses, des titres universitaires, beaucoup d'argent et une excellente réputation. Il n'est pas jusqu'à la bénédiction de l'amitié qui ne m'ait été offerte là-bas dans le Nord. Il m'a été donné en effet d'avoir deux vrais amis dans ma vie, et tous deux étaient allemands.

En dépit des succès, cependant, durant des années, des décennies entières, je suis resté profondément insatisfait. Car, malgré mes efforts systématiques et répétés, il y a un domaine où je ne comptais que des échecs. Je n'avais pas réussi à dénicher l'officier au visage mystérieux. Un jour enfin je m'approchai de lui.

En novembre 1977, pour la première fois, j'avançai d'un pas vers mon objectif. À force de recherches incessantes était parvenue à mes oreilles la rumeur selon laquelle il existait un maillon intermédiaire. Je recueillis ce précieux élément en soudoyant un Allemand qui prétendait qu'il savait des choses qu'il aurait fallu oublier. Naturellement, les informations de ce type se monnayaient et personne ne pouvait justifier ni même seulement donner un fondement rationnel à la somme demandée. Mais moi, peu m'importaient les chiffres. Je payai sans discuter par chèque le montant réclamé par l'inconnu efflanqué rencontré dans une cafétéria de Cologne et dix minutes plus tard je repartais avec un nom : Tobias Ackermann.

Cet Allemand entre deux âges vivait seul dans un village dans la banlieue de Munich. Le 22 novembre, j'enfilai mon costume porte-bonheur, j'emplis une mallette en cuir de billets de banque, je pris le premier train au départ de Hambourg et j'allai le rencontrer. Connaissait-il le but de ma visite ? Pouvait-il du moins le deviner ? Il faut exclure toute éventualité de ce type. Au téléphone je m'étais présenté comme un avocat de Hambourg et j'avais prétexté le prétendu règlement d'un vieil héritage familial d'Ackermann.

J'arrivai l'après-midi au village, qui semblait déjà dormir. Le taxi me laissa devant une maison à un étage entourée d'un jardin quasi inexistant et d'une clôture bien réelle. Un homme avec une chemise à carreaux et un ventre proéminent ouvrit la porte, m'invita à passer au salon et m'offrit une bière. Tobias Ackermann, malgré son âge, avait l'allure d'un homme qui a vieilli parce qu'il faut bien changer et non parce que le temps a véritablement passé.

Curieusement, le maître de maison ne disait pas un mot et fumait sans interruption. Ce silence unilatéral ajoutait à mon malaise. Au début, je balbutiai quelques formules convenues sur le temps, puis je mentionnai l'héritage. Je compris toutefois rapidement que je n'irais pas loin avec mes mensonges. Sans hésitation ni la moindre forme de préambule, je lui débitai alors tout à trac la raison de ma venue. Aucune réaction. Totalement muet et presque pétrifié, il écouta toutes mes questions sans répondre à aucune.

À la fin, je lui offris de l'argent. Tout ce que le cœur lui dirait, c'est ce que je lui dis mot pour mot, tout en posant ma main sur la mallette en cuir. Cette expression figurée avait marché avec beaucoup d'autres. Ackermann détourna le regard. Il était clair qu'il ne voulait pas d'argent. Il ne voulait rien d'autre que fumer. Un moment me vint l'idée absurde qu'Ackermann m'attendait depuis des années. Pas moi en particulier, bien sûr, mais quelqu'un qui ramènerait le passé devant lui.

Je tombai littéralement à ses pieds. J'étais prêt à tout pour apprendre quelque chose à propos de l'officier inconnu que je cherchais. Je le suppliai de me dire un nom, un trait caractéristique, n'importe quoi. Lorsque Ackermann se leva et me conduisit par gestes hors de sa maison, je compris que cette occasion unique était perdue. Sur le seuil de la porte, il me regarda dans les yeux et me dit :

— Il lisait des tragédies.

— Qui ? L'homme que je cherche ?

Jusqu'à cet instant, Ackermann n'avait pas même reconnu qu'il avait été lui-même soldat ni qu'il s'était trouvé en Grèce pendant la durée de la Seconde Guerre mondiale. Il n'avait pas donné la moindre preuve qu'il connaissait l'histoire que je lui avais racontée. Soudain il hocha affirmativement sa tête chauve.

— Vous vous souvenez d'un nom ?

Signe de tête négatif. Il me montra la route à l'extérieur de la clôture. Je devais partir, mon temps était écoulé.

— Quelles tragédies lisait-il ?

— Elles étaient en grec.

— Euripide ? Eschyle ? Sophocle ?

— Celui du milieu, je crois.

Tout en proférant la dernière phrase, Ackermann me claqua la porte au nez, mais je m'en souciai comme d'une guigne. Après seize années de recherches ininterrompues en Allemagne, j'avais enfin appris quelque chose. Un tout petit détail, certes, mais c'était quelque chose. Le soir même, tandis que le train me ramenait vers Hambourg et que de l'autre côté de la vitre me cernait une immense étendue noire, je songeai qu'en fin de compte personne ne peut complètement effacer le passé.

Selon toute apparence, pourtant, la chance me tourna de nouveau son dos de pierre. J'essayai une foule de méthodes différentes, à l'épicentre desquelles se trouvait toujours la tragédie antique grecque, et Eschyle en particulier. Le résultat demeurait uniformément nul. À partir d'un certain moment, je me mis à douter de tout. Dans le même temps, toutefois, j'avais été peu à peu conquis par le sublime écrivain. Lorsque j'en pris conscience, je me demandai si je n'avais plongé dans les fleuves sanglants d'Eschyle que pour trouver un Allemand, ou si je n'avais pas plutôt pourchassé un fantôme à la seule fin de rencontrer le plus sombre des poètes.

À l'orée du nouveau millénaire, je pouvais déjà voir se profiler le crépuscule de ma carrière d'avocat. Je n'étais pas vieux, cependant la fatigue avait commencé à m'envelopper. Je l'imaginais parfois comme une tunique invisible, tissée d'innombrables toiles d'araignée. J'avais désormais abandonné presque toute tentative pour retrouver l'officier allemand et songeais, de plus en plus souvent, à retourner en Grèce, dans ma ville natale.

En 2002, le soir de mon cinquante-neuvième anniversaire, quelques amis vinrent me voir chez moi à Hambourg. N'ayant à la vérité aucune sympathie pour le brouhaha humain, j'avais volontairement limité la fête à un cercle restreint. Le repas fut excellent, de même que le vin et la musique. Que demander de plus ?

Les invités m'avaient offert leurs cadeaux et à minuit je commençai à les ouvrir l'un après l'autre. Mon associé et ami Manfred Winkel m'avait apporté un livre. Traditionnellement, nous échangions toujours des livres entre nous à l'occasion des fêtes. Je déchirai le papier d'emballage du cadeau et lus :

Le Plongeur
Anton Rot

Le titre me frappa, d'autant plus que Manfred souligna qu'il ne s'agissait pas de littérature, du moins dans le sens consacré du terme. Je l'ouvris à la première page et vis la citation mise par l'écrivain en épigraphe à son œuvre :

Omi pepligme kerian pligin eso
Eschyle

Et juste en dessous le nom de la personne à qui était dédié son livre :

À Maria

L'avais-je enfin trouvé ? L'officier allemand que j'avais cherché durant des décennies s'appelait Anton Rot et avait écrit un livre ? Et comme si cela ne suffisait pas, il l'avait dédié à la défunte Maria Ikonomou ? Aucun de mes invités ne comprit la raison pour laquelle je ne lâchai pas des mains ce cadeau pour le restant de la soirée.

17

Vous devez avoir maintenant au moins une dizaine de questions à me poser, monsieur Papadimitrakopoulos. Pourquoi cherchais-je avec tant d'acharnement cet inconnu ? Quel lien pouvait-il avoir avec moi ? Qu'est-ce que je poursuivais, en fin de compte, après tant d'années ? Et bien sûr, la première et la plus importante, qui suis-je réellement moi-même ? Je répondrai à toutes, sauf à une. Je vous en prie, ne soyez pas trop pressé.

Quand je fis la connaissance d'Anton Rot, il avait déjà plus de quatre-vingts ans. Son âge convenait à l'homme que je cherchais, restait cependant l'épreuve décisive qui me permettrait d'acquérir une certitude. Je me trouvai enfin en face de lui dans l'une des nombreuses manifestations qui étaient organisées autour de son livre. Quoique *Le Plongeur* ait été édité quinze ans auparavant, l'intérêt du public ne faiblissait pas. Bien au contraire. L'écrivain était sans cesse invité à donner des conférences par des établissements universitaires de plus en plus nombreux.

C'était le mois d'avril 2003 à Bayreuth. La foule avait afflué dans le grand amphithéâtre du département de sociologie. Je me souviens encore que des dizaines de jeunes gens se tenaient debout dans tous les endroits imaginables, afin de voir Anton Rot présenter son ouvrage. Il y avait d'autres invités, mais – on s'en rendait compte immédiatement – tous étaient venus pour lui. Il fut le dernier à parler et certainement le moins prolixe de tous les orateurs. Ses remarques me semblèrent originales et pertinentes.

Juste avant la fin de la séance, une jeune femme prit la parole dans le public et interrogea l'écrivain sur le sens du titre. Depuis quinze ans, un tas de gens avaient essayé de le décrypter, sans résultat. Une sorte de sourire imperceptible et amer tout à la fois se dessina sur le visage d'Anton Rot. Pendant quelques instants, un silence de mort régna dans la salle, puis il remercia la jeune femme pour cette marque d'intérêt et lui dit qu'il faudrait bien un jour que l'on s'accommode de l'idée qu'à certaines questions il n'y a pas de réponse.

J'avais fait exprès de me mettre tout à la fin de la longue file d'attente, afin de disposer d'un peu plus de temps avec lui. Avec le ton enthousiasmé qui convient à un authentique admirateur, je lui demandai une dédicace.

— Voudriez-vous avoir l'obligeance d'écrire le nom de ma fille ? C'est à elle que je vais offrir le livre.

— Bien sûr. Comment s'appelle-t-elle ?

— Néféli. Néféli Papapostolou.

Si une seconde vie m'était donnée, je la gâcherais volontiers de la même manière, pourvu que je revoie cette grimace déformer le visage d'Anton Rot. Il ne se trouvait pas en face de son pire ennemi, d'une atrocité ou même d'un signe annonçant avec certitude sa propre mort. Il s'agissait d'autre chose. Il était confronté à lui-même. La dédicace qu'il finit par m'écrire est quasiment illisible, tant ses doigts tremblaient.

Je pris le livre et lui serrai la main, sans ajouter un mot. Ce n'était pas nécessaire. Anton Rot savait désormais qui il avait rencontré. À compter de ce soir-là, mes cauchemars étaient devenus les siens. Je les lui avais transmis en même temps que ce nom. Qui n'était pas celui de ma fille, puisque je n'ai jamais eu d'enfant. C'est ma mère qui s'appelait ainsi : Néféli Papapostolou. Morte le 26 janvier 1944. Le lendemain matin son corps fut rejeté par la mer sur le rivage, dans le port d'Aigion. Les Allemands avaient décidé que c'était ainsi qu'ils devaient présenter la chose. Comme une noyade. Ma mère bien entendu ne s'est pas noyée.

Comment ils l'ont tuée ? Ah, non, monsieur Papadimitrakopoulos, cela, vous ne l'apprendrez pas. Vous non plus ne pourriez endurer tant de vérité. Personne ne le pourrait. Je ne vous l'administrerai donc pas.

On aurait pu s'attendre à ce que ma vie prenne un autre tour à partir de 2003. Il n'en fut rien. Je continuai à exercer mon métier d'avocat, quoique avec de moins en moins d'ardeur. Je gardai presque toutes mes anciennes habitudes, poursuivis le même mode de vie. Après quarante ans de recherches j'avais réussi à localiser ma cible. Je découvris soudain que cela me suffisait. Pourquoi ? Parce que je savais qu'il savait. Et il savait que je savais. C'est cette connaissance réciproque qui était tellement importante pour moi. À travers notre secret, nous partagions l'horreur.

Ma décision ultérieure de quitter l'Allemagne est certainement liée à la découverte d'Anton Rot. Je pouvais dès lors retourner tranquille à Aigion. C'est ce que je fis. Certes, chaque fois que je les entendais m'appeler "l'Allemand" ici, à l'endroit où je suis né, je percevais l'ampleur de l'ironie tragique. J'avalais en même temps un peu d'amertume et un peu de satisfaction. De l'amertume pour tout ce que ma mère avait souffert du fait des Allemands, de la satisfaction pour tout ce que j'avais gagné, moi, de ce même peuple. Avec le temps, les deux saveurs se sont équilibrées en moi. Il est d'ailleurs largement reconnu que toute croyance en des caractéristiques nationales ou raciales relève de la propagande du plus bas étage.

Anton Rot avait échappé à la chasse à l'homme déclenchée contre lui par l'armée allemande. Les circonstances de cet exploit proprement incroyable, surtout en temps de guerre, importent peu. Il avait de plus réussi à emmener Maria Ikonomou et à la soustraire à tout ce qui se serait ensuivi à la Maison de la Vérité. Ils vécurent trois ans ensemble à Karditsa, jusqu'à la mort de Maria. Comment est-elle morte ? L'affaire est assez curieuse. Je voudrais que la lumière soit faite là-dessus, mais à présent il semble que personne n'en soit capable.

À l'automne 1947, on trouva Maria pendue dans la cuisine de leur maison. Son suicide était-il dû au comportement d'Anton Rot ? Ou aux remords pour la mort de sa meilleure amie ? Car Néféli avait vécu une descente aux enfers destinée à lui faire avouer où se cachait le couple de fugitifs. Quand les Allemands comprirent qu'elle ne savait rien, ils la tuèrent pour punir les deux autres. La vérité est que je n'ai jamais découvert avec certitude la véritable raison du suicide de Maria Ikonomou. Surtout, je ne suis pas parvenu à comprendre pourquoi elle avait fait cela au bout de trois ans. Qui sait ? Peut-être avait-elle alors appris quelque chose, ou pris conscience de ce qu'avait provoqué son évasion d'Aigion.

Immédiatement après les obsèques, Anton Rot quitta la Grèce. Pas tout seul cependant. Il prit avec lui l'enfant que lui avait donné Maria. En Allemagne, il abandonna le nom grec qu'il s'était choisi. À Karditsa, après la guerre, il avait été naturalisé comme Antonis Adam, de toute évidence pour camoufler sa véritable identité. Au demeurant, que signifie Adam en hébreu ? Vous ne le savez pas ? Terre rouge. Anton Rot devint Antonis Adam, en traduisant en fait son nom de manière peu orthodoxe.

Dès qu'il fut rentré dans sa patrie, il reprit son patronyme allemand. Après tout ce qui s'était passé, il était logique qu'il se sente de nouveau plus à l'aise ainsi. À ce point, il reste un dernier détail en suspens. Il ne changea pas le nom de son fils, qui continua à s'appeler Christos Adam. Pourquoi ? Je ne connais pas sa réponse à lui. Que chacun donne la sienne.

Voulez-vous encore un peu de whisky, monsieur Papadimitrakopoulos ? Bien sûr que vous en voulez. Moi aussi d'ailleurs. Je vous en prie, ne vous reprochez pas de ne pas avoir su débrouiller cet écheveau. Comment auriez-vous pu deviner que le fils de votre client Anton Rot était le célèbre docteur Christos Adam ? Moi, cela m'a pris quarante ans pour les débusquer. Maintenant vous devez commencer à vous demander pourquoi vous vous êtes trouvé mêlé aux engrenages de cette histoire. Non, ce n'était pas par hasard. Le destin de chacun de nous se tisse des années durant dans l'ombre.

À partir de 2003, quand j'eus enfin trouvé Anton Rot et son fils, je me mis à les surveiller. Ma vie personnelle n'avait peut-être pas changé, mais j'étais dévoré de curiosité. J'eus recours à des détectives privés, dont je changeais sans cesse, à des caméras cachées, des micros espions sur les téléphones. Je mis en œuvre tous les moyens nécessaires, légaux ou illégaux. La loi était mon travail et ne suscitait pas la moindre hésitation, ne provoquait pas la moindre peur chez moi. N'allez pas vous imaginer que je voulais gagner quoi que ce soit à cela. Ni même que j'aspirais maladivement à une quelconque forme de justice. Ma soif de vengeance s'était éteinte au fil du temps. Je voulais seulement apprendre le plus de choses possible sur le père et le fils.

La première déception vint vite. La vie quotidienne d'Anton Rot ne cachait rien de remarquable. Il ne fréquentait que très peu de gens, ne buvait pas, ne fumait pas, n'amassait pas de richesses, ne voyageait que pour des raisons professionnelles. Il ne s'était jamais marié, n'avait apparemment jamais eu de liaison amoureuse. Maria, morte depuis plus de cinquante ans, avait été la seule et unique femme de sa vie. De manière singulière, il semble qu'il lui soit resté fidèle jusqu'à la fin.

Le Plongeur a connu un succès inattendu. Des centaines de milliers de gens l'ont lu, probablement même des millions, puisqu'il a été traduit en de nombreuses langues. Les spécialistes ne s'accordaient pas sur le genre dans lequel il fallait le ranger, et cette indétermination contribuait à le rendre sans cesse plus populaire. Ouvrage scientifique, étude historique comparée, essai philosophico-sociologique, récit littéraire fragmentaire – laquelle de ces définitions rend-elle compte du livre de la manière la plus satisfaisante ? Dans ces trois cent quatre-vingt-six pages, Anton Rot communique quelque chose de complexe, de corrosif et d'inclassable. Des milliers de gens le lisent encore aujourd'hui, c'est devenu un classique. Naturellement, aucune explication convaincante n'a été donnée pour le titre. Il n'est question d'aucun plongeur dans l'ouvrage, et le mot "plongée" n'apparaît pas même une seule fois.

Le fils d'Anton suscite plus d'intérêt. Christos Adam a étudié la médecine à Hanovre, avec une spécialisation en pneumologie, il a travaillé dans divers hôpitaux allemands et a progressivement commencé à collaborer avec certaines cliniques à l'étranger. En 2004, il a pris la décision de déménager en Grèce. Il n'avait aucun problème en grec, il était bilingue depuis l'enfance. En ce qui concerne sa vie privée, le médecin ne buvait pas, n'avait pas de loisirs, ne prenait jamais de vacances. Sur le chapitre des femmes également il semblait à première vue suivre les pas de son père. Il ne s'est pas marié, et n'a pas non plus eu de relation stable, du moins à partir du moment où j'ai commencé à le suivre.

Oui, ne soyez pas surpris, monsieur Papadimitrakopoulos. Je me suis entêté à le surveiller pendant des années et le temps m'a donné raison. Parce que c'est là, précisément là, que s'arrête la ressemblance avec son père. Sur la question des femmes.

Christos Adam est animé d'une passion pour l'autre sexe. Il s'agit d'une soif réciproque et insatiable, difficile à expliquer et plus difficile encore à comprendre. Le pneumologue aimante presque toutes les femmes qui l'approchent, exerçant manifestement sur elles un charme particulier. Et sans exception il amène chaque fois la situation au même point : à l'heure décisive, ce ne sont pas deux personnes qui se retrouvent au lit, à savoir sa partenaire et lui, mais trois. Il semble que la condition impérative pour qu'il ait une relation avec une femme est la présence d'un tiers. En règle générale un homme, qu'Adam a trouvé et sélectionné lui-même à l'avance. Naturellement, toutes les amantes potentielles n'acceptent pas cette intrusion subite. La plupart s'en vont – certaines, qui plus est, en émettant un tas de sous-entendus désobligeants, voire d'horribles insultes – dès qu'elles se rendent compte de ce qui se passe. D'autres parlementent, négocient la chose à leur manière. Celles-là finissent par rester.

Les préférences érotiques d'Adam ne me concernent pas. Je l'ai surveillé pendant plus de cinq ans, durant lesquels il n'a jamais brutalisé ni forcé ne serait-ce qu'une seule de ses maîtresses. Les leçons de morale dans ce domaine ne m'intéressent pas non plus. Tout vice est admissible, à la seule condition bien sûr que tous les acteurs soient consentants. Au reste, comment définir ce qu'on appelle "perversion" ? N'est-ce pas une perversion, et l'une des plus dangereuses, que de se coucher tous les soirs dans le même lit qu'une femme ou qu'un homme que l'on n'a même pas envie de toucher ? Et pourtant une foule de gens vivent ainsi et s'en accommodent.

Que se passait-il chaque fois dans ces parties à trois ? Je n'obtins que des demi-mots. De toutes les femmes qui ont accepté d'entrer dans une chambre avec le médecin, aucune n'a reconnu être allée au lit avec lui. Sur ce sujet je suis fatigué d'entendre des mensonges et des excuses. J'avais beau leur offrir de l'argent – beaucoup d'argent –, je n'ai jamais pu apprendre quoi que ce soit d'intéressant, ni de renversant, concernant le comportement amoureux d'Adam. Je voulais entendre des détails, mais aucune de ses maîtresses ne m'en a donné. Trois femmes ont reconnu avoir eu des relations sexuelles avec le deuxième homme, mais pas avec le médecin. Mais alors que faisait-il là-dedans ? Rien, absolument rien. Peu à peu ma surveillance se relâcha, les filatures devinrent sporadiques, perdirent de leur intérêt. Au bout du compte, après quoi est-ce que je courais ?

Je ne vous cache pas que, stimulé par les goûts particuliers du médecin, j'ai essayé moi aussi ce système. Bien entendu, je n'ai pas choisi un deuxième homme, car je ne me suis jamais senti attiré par les hommes. J'ai donc un jour payé deux femmes pour qu'elles se retrouvent en même temps dans mon lit. Je dois avouer que, passé la première surprise, je n'ai pas trouvé cela du tout désagréable. Je ne suis cependant pas très porté sur la chose, surtout à l'âge que j'ai aujourd'hui, et les étreintes tarifées ne font pas non plus partie de mes sports favoris. Je l'ai fait pour essayer, pour entrer – ne fût-ce qu'un peu – dans la peau du docteur.

Il s'est écoulé pas mal de temps avant que je ne me trouve confronté à l'aspect le plus douloureux de la réalité. Si quelqu'un observait de l'extérieur la vie d'Anton Rot, celle de Christos Adam et la mienne, il pourrait finalement relever des ressemblances frappantes entre nous. Études longues, travail régulier, manque de temps libre, reconnaissance professionnelle et oscillation continuelle entre deux contrées – l'une au nord et l'autre au sud. D'une certaine manière, nous sommes parfaitement représentatifs du modèle archétypique du monde occidental, que nous avons nous aussi contribué à créer, après y avoir cru avec ferveur. Avons-nous eu raison ? Ou bien y a-t-il ailleurs quelque mystère plus précieux ? Quelque chose que nous ne savons plus discerner ? J'arrête cependant de vous fatiguer avec mes naïves interrogations philosophiques et j'en reviens au récit fidèle des événements.

En novembre 2015, Adam décida en urgence une visite à Berlin pour des raisons professionnelles. Il continuait en effet à opérer en Allemagne. Dès que j'en fus informé, mon intérêt se réveilla. Il y avait une raison précise à cela. J'étais en contact avec une femme qui vivait désormais à Berlin et l'occasion me parut idéale.

Plusieurs années auparavant s'était présentée à notre cabinet d'avocats de Hambourg une jeune femme qui avait des compétences en informatique et cherchait du travail. Elle s'appelait Eva Döbling et, après un rapide entretien, nous l'engageâmes comme secrétaire.

Quatre ans plus tard, je fus obligé de gérer en tant qu'avocat une sombre histoire de dettes de jeu. Personne d'autre n'acceptait de s'en charger et j'estimai que j'avais une sorte d'obligation morale de ne pas refuser. L'époux d'Eva Döbling était russe et trempait jusqu'au cou dans les jeux illicites. Il se présenta dans mon bureau accompagné de sa femme, qui resta silencieuse, presque absente. Nikolaï mâchait en permanence du chewing-gum, avait de nature un regard farouche et pas de cervelle. Je lui donnai à cette occasion quelques conseils dont il ne tint aucun compte. Pour finir, Nikolaï disparut une nuit. Ma contribution avait été plutôt réduite, mais tout le monde sait que dans ce milieu l'espace pour des arguments juridiques est extrêmement limité. Je tentai de persuader Eva Döbling qu'il était de la plus haute importance de retrouver son mari. Elle me répéta qu'elle n'avait aucune idée de l'endroit où il pouvait se trouver ni même s'il était vivant ou mort.

Une semaine après la disparition, à cinq heures du matin, deux armoires à glace fracturèrent sa porte et déboulèrent sans un mot chez elle, accompagnés d'un dentiste. C'est ainsi du moins que l'homme se présenta à elle, tout en mâchant ostensiblement du chewing-gum. Eva Döbling crut qu'ils étaient russes, mais le dentiste parlait allemand aussi bien qu'elle. Il lui demanda où se trouvait Nikolaï. Elle leur servit sa réplique habituelle : "Aucune idée." L'autre sourit, sortit le chewing-gum de sa bouche et le mit dans celle d'Eva en lui disant que les chewing-gums abîmaient les dents. En moins de vingt minutes elle perdit deux incisives, arrachées par le dentiste qui oublia de l'anesthésier. Il lui avait enfoncé un objet rond dans la bouche, si bien qu'un silence recueilli régnait dans la pièce durant l'opération. Il lui redemanda alors où était Nikolaï. Finalement, Döbling disait la vérité. Elle n'en avait aucune idée. Le dentiste l'autorisa à passer un unique coup de téléphone. Si à l'autre bout du fil je n'avais pas tout de suite proposé une somme à cinq chiffres, elle aurait perdu ce matin-là le reste de sa dentition. En partant, le dentiste dit qu'il lui avait offert la possibilité de se souvenir de Nikolaï chaque fois qu'elle mâcherait du chewing-gum.

Après ces événements, Eva Döbling déménagea à Berlin et se mit à accepter littéralement n'importe quel travail. Les usuriers continuaient à lui sucer tout doucement le sang et sa dette, au lieu de diminuer, augmentait sans cesse.

Il y a peu je l'ai appelée au téléphone. À peine lui avais-je proposé de jouer un rôle important dans la surveillance de Christos Adam qu'elle m'a demandé directement combien d'argent elle gagnerait. J'ai eu peur qu'elle refuse et j'ai aussitôt multiplié mentalement les chiffres par dix. Dès qu'elle a entendu le montant de sa rémunération, elle a accepté. Elle n'avait pas oublié que les chewing-gums abîment les dents.

Le premier contact eut lieu dans un bar-restaurant de Berlin. La rencontre programmée devait apparaître comme un simple hasard. Quel fut le cheval de Troie ? L'humour. Le médecin mordit à l'hameçon d'Eva Döbling et en quelques heures le couple suivait sa propre route. Devons-nous croire à la prédestination des noms ? Adam et Ève. Qui peut échapper à une telle combinaison ?

Je ne fus pas peu surpris quand Eva Döbling m'appela trois jours plus tard. Sans la moindre réticence, elle m'avoua d'entrée de jeu son intérêt spontané pour Adam. Avait-elle appris ses goûts ? Lui avait-il déjà amené un autre homme dans son lit ? L'avait-elle accepté ? Quoique brûlant de connaître les réponses à ces questions, je restai muet à l'autre bout de la ligne.

“Je suis très amoureuse de lui…” Dès qu'elle m'eut lancé cette phrase convenue, je compris. Une fois de plus, j'avais perdu à mon propre jeu. Je faisais cependant encore surveiller Anton Rot par un détective privé. C'est ainsi que j'appris qu'un beau matin il était entré dans votre bureau, monsieur Papadimitrakopoulos. Je donnai immédiatement l'ordre que l'on vous suive également, tandis que vous aviez déjà commencé à filer Eva

Döbling. Ça paraît assez comique, n'est-ce pas ? La suite se révéla tout sauf comique. Quelques heures plus tard, Anton Rot se présenta à l'Étoile du Port et demanda la même chambre que celle qu'avait louée Eva Döbling la nuit précédente. Il choisit la 107 pour se suicider.

Anton Rot, après un parcours labyrinthique dans les abîmes du xxe siècle, a décidé de rendre son dernier soupir dans un sordide hôtel de Hambourg. Et comment, qui plus est ? De la même manière exactement que sa femme, Maria Ikonomou, quelque soixante ans auparavant. Pendu à une fine corde. Suivante dans la chaîne des morts, Eva Döbling s'est noyée et a été repêchée deux jours plus tard. Où ? Dans une zone maritime distante de quinze kilomètres d'Aigion.

J'avais désormais la sensation d'être emporté vers un dénouement que je ne parvenais pas à appréhender, monsieur Papadimitrakopoulos. Il fallait absolument que j'apprenne, que je comprenne ce qui se passait. Je n'ai pu concevoir qu'une seule manière, qui malheureusement vous impliquait. C'est moi qui ai envoyé Costas à l'aéroport pour vous suivre, avec mission de vous amener chez lui par n'importe quel moyen. Costas est dans l'incapacité de me payer son loyer depuis des années, mais ça ne fait rien. Chômeur, sans argent, sans maison, sans avenir. En Grèce un tas de gens sont victimes d'un État implacable, et d'eux-mêmes naturellement. J'ai de la sympathie pour Costas et sa mère, je les loge donc gratuitement. D'ailleurs, en vous jouant la comédie, il m'a remboursé cette petite faveur. Il ne s'est jamais pas cassé le bras, et Eleni n'est pas son amie. Eleni est *mon* amie et ma collaboratrice, c'est elle qui jouait Clytemnestre dans la représentation d'*Agamemnon*. Elle n'a jamais souffert d'insuffisance respiratoire. Elle a simplement feint avec succès d'avoir été frappée aux poumons, afin de vous conduire jusqu'au docteur Christos Adam. Tout cela est exclusivement mon œuvre. C'est moi le responsable, c'est à moi qu'il faut présenter la note. En même temps, avec *Agamemnon*, j'ai essayé de mettre en scène quelque chose de beaucoup plus grand. Un fragment de la vie.

J'avais l'illusion que vous, vous pourriez comprendre ce qui s'était passé. J'espérais que vous réussiriez à résoudre l'énigme. Je sais maintenant que c'était impossible. Il vous manquait trop de pièces du puzzle, et de natures trop différentes. Comment pouviez-vous élucider les véritables raisons de la mort d'Anton Rot et d'Eva Döbling, sans connaître rien de leur passé ? Sans les histoires qui nous suivent tels des chiens noirs de l'Enfer, nous sommes les jouets du vent, des lueurs fortuites dans les ténèbres.

Vous avez une dernière interrogation ? Bien sûr que je veux l'entendre, monsieur Papadimitrakopoulos. Pour quelle raison ai-je traqué si longtemps Anton Rot ? Bonne question. Surtout qu'à la fin je n'ai rien fait pour me venger de lui. Pourquoi me venger de lui ?

L'évasion organisée par le jeune officier allemand en janvier 1944 avait sans aucun doute sauvé Maria Ikonomou de multiples viols. C'était le châtiment habituel pour tous les êtres féminins qui passaient le seuil de la Maison de la Vérité. Maria et Néféli auraient été violées par un certain nombre de soldats allemands, mais elles auraient probablement survécu. Dans cette Maison on ne tuait pas les détenus. Le seul corps sans vie qui en sortit fut celui de Néféli Papapostolou. Anton Rot sauva celle qu'il avait choisie pour amante mais ce faisant il condamna à mort ma propre mère.

Non, il est exclu qu'il n'ait pas pu prévoir cette issue. Il était officier, il connaissait les méthodes allemandes et parlait parfaitement grec. Par conséquent, il pouvait pressentir le danger que représentait le prestige allemand blessé. Comme il est apparu par la suite, il disposait d'un prodigieux plan d'évasion, que je n'ai pour ma part jamais réussi à découvrir. S'il l'avait vraiment voulu, il aurait pu emmener les deux prisonnières et les sauver. À mes yeux, Anton Rot était profondément coupable. Et il l'est encore. Car les coupables ne sont pas absous par la mort.

Vous me permettrez cependant maintenant de me retirer. Dans ma chambre. Dans le silence. Le jour va bientôt se lever et d'ici-là je dois une dernière fois me mesurer… avec qui ? Avec l'homme qui a marqué chacun de mes pas. Il semble qu'Anton Rot, aujourd'hui encore où il a fui vers l'autre rive, veut me murmurer quelque chose.

Vous savez, c'est la première fois qu'il s'adresse directement à moi. En dehors de cette soirée où il m'a dédicacé son livre à Bayreuth, nous ne nous sommes jamais rencontrés, nous n'avons jamais parlé. Il vous a donc choisi comme intermédiaire pour son premier et dernier message. Je n'ai vraiment aucune idée de ce qu'il m'a envoyé, de ce que contient cette enveloppe fermée que vous tenez dans vos mains. Pour vous avouer cependant la vérité, je meurs d'impatience de l'apprendre.

18

Le lendemain, je suis réveillé par le dernier homme que je m'attendais à voir. Il se tient derrière ma porte et appuie obstinément sur la sonnette, l'air parfaitement indigné. L'inspecteur Kurt Jansen, en direct des services centraux de la police de Hambourg.

À une heure de l'après-midi, dans le soleil qui inonde ma cuisine, il parvient toutefois à paraître plus humain. Je prépare deux doubles cafés grecs. Il me demande si je suis originaire d'ici et moi je lui demande s'il a déjà bu ce genre de café. Il acquiesce et je fais de même. Il ne tarde pas à se lancer dans un petit speech visant à me convaincre de lui parler le premier. Il m'avertit que je vais avoir à répondre à une foule de questions venant de différents bords. Je ne sais toujours pas de quoi il retourne. Il fait une grimace lorsque le café lui brûle les lèvres. Nous jouons les statues en attendant que sa tasse refroidisse. Moi j'attends simplement qu'il m'explique ce qu'il veut exactement et puis qu'il décanille. Il est évident qu'il tente de me soutirer quelque chose de précis.

— Alors, monsieur Papas ?

— Alors quoi, monsieur Jansen ? Que voulez-vous que je vous dise ?

— Jusqu'à quelle heure êtes-vous resté hier chez M. Nikolaos Papapostolou ?

Comment diable Kurt Jansen a-t-il appris ces détails à propos de la nuit précédente ? Je gagne du temps en camouflant mon embarras derrière une cigarette.

— Je suis parti tard.

— Je présume que vous avez un alibi pour le reste de la soirée ?

— J'ai besoin d'un alibi pour prouver qu'après une rencontre avec mon avocat je suis rentré chez moi et que je me suis couché ?

— Ah !... Ceci veut donc dire que vous ne savez rien. Il va falloir, et très rapidement même, que vous prouviez que ce n'est pas vous qui avez tué Nikolaos Papapostolou. Vers huit heures ce matin, on a trouvé son cadavre flottant dans les eaux du port.

Je ne réponds pas. Ni à Kurt Jansen, qui en plus de fanfaron est en train de devenir visqueux, ni, un peu plus tard, au chef de la police d'Aigion, qui pendant une heure tente de m'interroger avec des méthodes de vieille institutrice de l'école primaire. Ni aux trois journalistes allemands et aux cinq journalistes grecs qui me coincent dans les endroits les plus variés, me suppliant de dire quelques mots. Ni à Costas, qui apparaît le dernier, tête baissée, et demande avec une insondable stupidité ce qui s'est passé. Ni à Mme Queneau, qui m'appelle deux fois au téléphone. Ni à Georg Weber, qui m'envoie un texto pour me demander si j'ai besoin d'aide. Que leur dire ? Le monde est brisé. Il l'a toujours été. Et nous, nous ne pouvons rien faire d'autre que loucher vers les morceaux éparpillés au sol ou dans le ciel.

Les couples d'astres jumeaux dansent. Maria et Néféli. Rot et Papapostolou. Adam et Eva. Agamemnon et Clytemnestre. Stelios et Adonis. Deux corps pendus. Deux corps noyés. Deux corps égorgés. Deux corps amoureux. Deux corps manquant d'oxygène. Et moi ? Un corps. Qui traverse le désert sans eau ni foi. Un corps. Qui ne juge pas, n'aide pas, ne sait pas. Qui observe simplement. Et s'efforce, en vain, de trouver son équilibre sur une étroite ligne invisible.

Deux jours passent. Les pressions augmentent, de même que les sollicitations. Pêle-mêle, toutes semblables, prévisibles. Kurt Jansen revient me voir pour m'arracher ne serait-ce que quelques phrases, un début d'explication. Il sait que son pouvoir, s'il en a jamais eu, s'est volatilisé. Il se trouve loin de sa base, dans l'incapacité d'imposer ou d'exiger quoi que ce soit. À la fin, il lance de vagues promesses, toutes plus ridicules les unes que les autres : "Si vous nous aidez… votre permis d'exercer… il n'est pas difficile de vous le rendre." Je crois qu'il a commencé à brunir avec le soleil. J'entends d'ici les sarcasmes de ses collègues dès qu'il passera le seuil de la direction de la police de Hambourg : "Nous t'avons envoyé là-bas pour enquêter sur un homicide, et toi tu as fait de la bronzette toute la journée ?"

Les autorités grecques ont expédié d'Athènes un flic bavard censé être un spécialiste. De quoi ? Moi je le vois seulement transpirer derrière un bureau dramatiquement petit pour sa masse. Il commande sans cesse des cafés et m'en offre. Il se cure le nez quand il ne comprend pas quelque chose, c'est-à-dire tout le temps. Il me rappelle l'avocat inénarrable de *Midnight Express*. Il qualifie de plus en plus souvent l'affaire d'"énigme insoluble", et juste après il se fourre le doigt dans le nez jusqu'à la troisième phalange.

Les journalistes organisent de minables fêtes improvisées. Il y a plus de cinq Allemands et le double de Grecs. La nationalité de Papapostolou change d'allemande à grecque et vice-versa toutes les dix minutes. Le mort disposait, tout à fait légalement, de deux passeports. Les

Allemands le traitent d'"éminent avocat de Hambourg", et les Grecs de "célèbre compatriote qui s'est illustré à l'étranger". Tous ensemble ils m'encerclent chaque fois qu'ils tombent sur moi quelque part. Dès que les projecteurs des caméras s'éteignent, ils me promettent tout ce qu'ils peuvent et qu'ils imaginent que je désire. Des émissions à la télévision, des interviews exclusives, des photographies dans le décor de mon choix. Il n'y a que des femmes et de l'argent qu'ils ne me proposent pas. Dommage. Ça, j'aurais pu accepter. Tous attendent maintenant avec une impatience irritante les obsèques de Nikolaos Papapostolou.

Costas, sa mère et Eleni passent me voir à l'appartement à tour de rôle. Ils savent maintenant que je connais leur véritable identité. Il n'est plus question de bras cassé, de coup dans les poumons ni de toute cette pauvre comédie. La mort nous a mis à nu. N'en est-il pas toujours ainsi ? La plus affligée de tous est Eleni. Était-elle la maîtresse de Nikolaos Papapostolou ? Je dirais que non. Je pense que c'est autre chose qui les unissait. En fin de compte, si une femme avait de la sympathie pour cet homme solitaire, c'était peut-être Eleni. Nous buvons souvent un café ensemble, assis sur le toit-terrasse en ciment.

Au fond, personne ne veut rien apprendre. Certains essaient juste de faire leur travail, de trouver un coupable facile, afin de rejeter ce poids de leurs épaules. D'autres désirent vendre une image qui paraîtra convaincante et dont ils tireront un bon prix sur le marché.

Les obsèques ont lieu au bout de trois jours dans l'église Agios Andreas. Toute la ville d'Aigion s'y rassemble. Sur le parvis, qui a été décoré comme il convient pour la cérémonie, je saisis au vol une phrase révélatrice : "La moitié de la rue lui appartenait." Nikolaos Papapostolou, après son retour en Grèce, achetait avec frénésie tous les terrains et maisons à vendre dans la rue Agiou Andreou. Là où il avait passé son enfance, là où avait vécu sa mère, là où un jour s'était dressée la Maison de la Vérité.

Le testament de l'avocat est ouvert l'après-midi même chez un notaire de la place Agias Lavras. Le bâtiment de trois étages est plein comme un œuf, de même que l'escalier et jusqu'au trottoir, à l'extérieur. Je suis assis au café d'en face, une tasse de thé devant moi. Les premières informations qui me parviennent sont un peu confuses. Un peu plus tard, une vague d'enthousiasme se propage. Nikolaos Papapostolou a offert au sens propre du terme sept appartements aux familles qui les occupent déjà. Costas et sa mère sont bien sûr au nombre des heureux héritiers. Il a laissé son bureau et sa maison aux avocats et collaborateurs qui y travaillaient. Le bruit court que seul le maire de la ville a l'air mécontent. L'avocat a légué à la commune tous les livres de sa bibliothèque exceptionnelle. Ils devraient sauter de joie à l'idée de ce trésor unique, mais on comprend qu'ils aient d'autres priorités. Qui se soucie de piles de vieux livres et de mythes inextricables ?

La révélation du dernier nom mentionné dans le testament soulève une véritable tempête. Il s'agit de l'homme qui hérite de tout le reste de la fortune, dont on dit qu'elle est prodigieuse. Nul ne peut cacher sa surprise devant cette ultime décision du défunt. Surtout du fait que le testament holographe a été rédigé seulement trois jours auparavant, c'est-à-dire le jour de sa mort.

J'ai pris congé de l'avocat dans son salon un peu avant cinq heures du matin. J'entends encore son trait ironique à l'instant où je partais : "Je meurs d'impatience de l'apprendre." Il désirait tant ouvrir l'enveloppe que lui avait envoyée Anton Rot. Il en a lu le contenu et immédiatement après il a rédigé son nouveau testament. Au petit matin, il est descendu sur la jetée et a sauté dans l'eau. Il ne savait pas du tout nager, comme me l'ont confirmé aussi bien Kurt Jansen que le directeur de la police grecque. Évidemment, il ne savait pas. Nikolaos Papapostolou s'est suicidé, et a choisi pour le faire l'endroit précis du port où soixante-dix ans auparavant on avait trouvé sa mère noyée. À huit heures du matin, la mer a rejeté son corps un peu plus loin.

J'ai été certain qu'il s'agissait d'un suicide dès que j'ai entendu le nom du principal héritier. Nikolaos Papapostolou a laissé toute sa fortune au fils de son éternel ennemi, le docteur Christos Adam. Je ne parviens pas à imaginer ce qu'Anton Rot a bien pu cacher dans cette enveloppe fermée. Quoi que ce soit, cependant, cela a littéralement tué l'avocat.

19

Quand un rêve se termine
Vient l'heure de se réveiller
Ou de s'enfoncer dans le cauchemar.

C'est ce qu'écrivait un de mes amis, il y a longtemps de ça, au sujet de l'inéluctable passage du rêve au cauchemar. Sauf si l'on arrive à se réveiller entre-temps. Certains murmurent que le rêve n'a jamais existé et que nous l'avons simplement imaginé, afin de gagner un souvenir sans effroi. Mais cela signifie que nous ne sommes pas parvenus à nous réveiller.

Le temps a commencé ses facéties. Comme si quelqu'un avait déréglé la massive horloge invisible, les heures brûlent lentement autour du soleil. "Jours alcyoniens", appelle-t-on cette période en Grèce. J'exhume de vieux mots, m'entiche de vocables nouveaux et progresse avec eux. Les Jours alcyoniens, nichés au cœur de l'hiver, font naître une illusion très spécifique. Un été tombé du ciel qui tire la langue au calendrier.

Mes mouvements sont réduits au minimum. Je trébuche contre le désœuvrement et je tombe dans l'observation. Combinaison éprouvée. Je traîne sur les bancs vides de la ville et je fume. Je mange dans une gargote du port, où le parfum des boulettes de viande m'est servi en même temps que les souvenirs de cet enfant que j'ai un jour été. Je me tiens sous le platane de Pausanias, à l'ombre de deux milliers d'années, là où la mer met pied à terre.

C'est l'après-midi et le soleil a accepté de battre en retraite lorsque Eleni se présente à ma porte, un sac en plastique à la main et une crispation anxieuse sur le visage. C'est ainsi qu'elle les porte, telle une contradiction ambulante. Aucun de nous deux ne tente sa chance avec les mots. Nous arrivons dans la cuisine, la bouteille émerge aussitôt du sac et nous glissons dans le vin rouge.

J'étais en train d'écrire avant l'arrivée d'Eleni. Mes notes sont des bribes confuses témoignant de ce qui s'est passé, des réfractions éparses, dont il me semble souvent qu'elles ne m'appartiennent pas en propre. Il y a dix ans je me suis cassé le majeur de la main droite. Il me gêne encore et cette douleur bannit les griffonnages manuscrits. Je suis donc obligé de créer sans cesse des archives électroniques, des dossiers avec des titres sibyllins probablement dénués de sens. Le portable est encore ouvert dans la cuisine. Depuis combien de jours la musique me manque-t-elle ? Il me faut être assis avec Eleni devant l'ultime éblouissement du jour pour en prendre conscience.

Le *Gurb Song* de Migala commence à s'écouler goutte à goutte en même temps que le vin.

— Moi, je préfère Euripide, dit tout à coup Eleni.

— Et moi Beckett, répliqué-je.

C'est elle qui choisit le morceau suivant, une version de *Psycho Killer*. Une voix féminine coupe l'air en tranches transparentes.

— Un jour, je te parlerai de cette chanteuse.

— Comment s'appelle le groupe ?

— Psycho.

— J'en ai marre de la psychologie.

— Et qu'est-ce que tu préfères ?

— La chair.

Quand Eleni étend son corps nu sur le mien, elle semble un instant planer, comme suspendue quelque part là-haut. Chaque fois que je ferme les yeux, je la revois gravir la pyramide sur la scène du théâtre. Muet et ravi, je flotte avec elle. Moi, je n'ai pas rencontré Clytemnestre mais Eleni, vivante et triste. Je me demande déjà comment elle m'attendra à la fin. Que tiendra-t-elle dans ses mains quand je rentrerai de ce voyage qui ne m'aura mené nulle part ? Le masque sur son visage montrera-t-il le même plaisir qu'à présent ? Ou seulement la déconvenue pour les voies sans issue que nous suivons ?

Encore une bouteille de vin rouge. Identique à la première, meilleure que la première.

— Je n'étais pas la maîtresse de l'avocat.

Avant que je réponde quoi que ce soit, elle me clôt la bouche avec la sienne. Elle a deviné ma pensée. À savoir que tout, même le moment présent, appartient à la mise en scène passionnée de Papapostolou. Que quoique mort, il continue à tirer les fils pour nous diriger vers son objectif. Du moins la soirée actuelle a-t-elle l'air calme, solitaire, exempte de toute préméditation.

— Il faut que je te demande pardon.

— De quoi ?

— De ma lamentable prestation comme blessée aux poumons.

— Elle n'était pas lamentable du tout. À preuve que je t'ai crue, et le médecin aussi.

— Adam n'a rien cru du tout. Il ne m'a même pas examinée. Si je l'avais laissé m'ausculter, il aurait immédiatement compris que mes poumons étaient intacts. Je lui ai simplement déclaré que tu m'avais frappée et je lui ai demandé son aide.

— Et comment savais-tu qu'il prendrait ta défense ? Sans la moindre trace de violence sur ton corps ?

Elle se met debout. Eleni, qui ne fume pas, va chercher mes cigarettes à la cuisine. Pour que nous fumions. Assise de nouveau sur le lit, elle commence à me parler. Son corps nu est infiniment plus émouvant que ses paroles. C'est peut-être pour cela qu'il me faut un peu de temps avant de l'écouter et de prêter attention à ce qu'elle dit.

Christos Adam choisit systématiquement les gardes de nuit. De minuit à huit heures du matin, on le trouve toujours au même endroit. Le bâtiment dans lequel je suis allé avec Eleni appartient à une clinique privée, considérée comme l'une des plus réputées, des plus chères et des mieux équipées d'Athènes. Sans paraître gêné par ces continuelles gardes nocturnes, à dix heures au plus tard chaque matin le médecin ouvre avec une dévotion religieuse son cabinet à Daphni. Les deux heures qui s'écoulent entre la fin de sa permanence à la clinique et ce moment sont régies par un programme immuable : quarante minutes de conduite, douche rapide, changement de vêtements, petit-déjeuner et consultation de sa messagerie électronique.

Si quelqu'un étudiait la carrière du pneumologue, il parviendrait à certaines conclusions incontestables. Christos Adam jouit de la reconnaissance unanime tant de ses confrères que de ses malades. Il dispose d'une clientèle qui se renouvelle sans arrêt et gagne beaucoup d'argent. Toutefois ce lointain observateur ne pourrait imaginer certains aspects invisibles, mais de première importance, qui aboutissent à modifier – voire à renverser – l'image finale. Adam n'accepte que les enfants comme patients de son cabinet privé et leur dispense gratuitement ses soins. Les parents n'ont absolument rien à payer. C'est ainsi que s'explique la longue file d'attente, qui bien souvent descend jusqu'en bas de l'escalier et s'étend même sur le trottoir.

Le célèbre pneumologue a suivi pendant des années une spécialisation pour les pathologies infantiles. À la clinique privée, cependant, il examine aussi les adultes, parce qu'il est salarié par l'établissement. Pour parvenir à concilier ses deux missions professionnelles différentes, il lui a fallu réduire au minimum tout ce qui pourrait l'en détourner et lui faire perdre du temps. Il a refusé à de nombreuses reprises interviews, invitations à participer à des émissions de télévision et autres occasions de faire connaître et de promouvoir son œuvre. En authentique visionnaire, il travaille infatigablement, guidé exclusivement par un rêve, à la réalisation duquel il est le seul à croire, évidemment. Il veut créer une clinique parfaitement équipée, dans laquelle les soins pour les enfants souffrant de problèmes respiratoires seraient entièrement gratuits. Objectif donquichottesque, surtout dans un pays comme la Grèce. Peu de gens savent que Christos Adam a cependant déjà acheté le terrain adéquat, à un kilomètre à peine de l'hôpital d'Aigion. Pourquoi à Aigion ? Il considère la ville comme sa terre natale et c'est là qu'il a décidé de faire construire sa clinique.

J'écoute l'histoire avec un calme glacé. L'obstination de Christos Adam, cette foi forcenée qui pousse souvent dans le même terreau que l'horreur, ne m'étonne pas.

— Et comment sais-tu tout cela, Eleni ?

— Pour la même raison que je savais qu'Adam prendrait mon parti sans avoir besoin d'examiner mes poumons. Quelle sorte de détective es-tu, à la fin ? Tu ne devines pas ?

— Tu es tombée sur un détective au rabais qui n'a rien de commun avec ses brillants collègues des séries télévisées. Quand je commence à deviner, c'est en général trop tard.

— J'étais… avec Adam. Pendant quelque temps du moins.

— En couple ?

— Je vais te dire encore quelque chose, il n'y a d'ailleurs maintenant aucune raison que je le cache. Je pense que c'est précisément pour cela que Papapostolou m'a approchée.

— Que veux-tu dire ?

— Je crois qu'il m'a proposé du travail, d'abord dans son cabinet d'avocat puis pour la pièce de théâtre, pour la seule et unique raison que j'avais été la maîtresse du médecin. Papapostolou était un homme courtois et particulièrement généreux, mais en même temps il était plein de quelque chose… que je n'ai pas pu comprendre. Il était dévoré d'une curiosité maladive pour la vie de Christos Adam.

Nous sortons de la maison un peu après dix heures du soir. Pas âme qui vive dans le port à demi éclairé. La pente sur laquelle est construite l'église de la Panagia Trypiti se dresse derrière nous comme le mur d'une prison de terre boursouflée. Elle pourrait être la Maison de la Vérité dans ses véritables proportions.

— Vas-y, demande.

— Quoi donc ?

— Ce qui te tracasse. Il semble que la curiosité maladive de Papapostolou soit contagieuse. Elle t'a finalement infecté toi aussi.

— Alors, Eleni, tu peux deviner mes questions.

— Nous n'avons jamais fait l'amour avec Adam. Nous avons évidemment expérimenté tout un tas d'autres choses. Il est parmi les personnes les plus… étranges que j'ai connues. Souvent il se retire dans une autre pièce, hermétiquement close, où il reste éveillé en permanence.

— Qu'est-ce que ça veut dire ?

— Il peut passer des jours sans fermer l'œil, sans aucun signe de fatigue ni aucune explication. Tu peux laisser vagabonder ton imagination, loin, bien plus loin que ça encore… jusqu'à rencontrer une énergie surnaturelle aux mille visages.

— Mille ? J'avais compris qu'ils étaient plutôt trois.

— Tu as une cigarette ? Je t'en prie, fais-moi plaisir, ne me pose plus de questions sur Adam.

— La cigarette va avec une dernière question. Elle ne concerne pas le médecin. Connais-tu Stelios ? Son fils a de graves problèmes respiratoires.

— Adam s'occupe d'Adonis depuis le jour de sa naissance.

— Il le suit médicalement depuis ce temps ?

— Il ne se contente pas de le suivre. Il prend tout en charge.

Nous sommes en train de fumer la deuxième cigarette quand Eleni se décide à parler de nouveau.

— L'enfant souffre de naissance d'une pathologie rare. Il a besoin de traitements et d'examens spéciaux, il faut être toujours prêt à lui fournir de l'oxygène ainsi que toutes sortes de soins. Son père n'a pas un sou vaillant et sa mère est morte depuis des années. C'est le docteur qui couvre tous les frais. Ce n'est d'ailleurs pas le seul enfant pour lequel il s'est investi d'une telle mission. Il y en a trois autres, peut-être même quatre. Ces enfants-là vivent… parce qu'Adam existe. D'une certaine manière, ce sont ses enfants.

20

— Je t'attendais. Depuis un bout de temps. Tu m'as fait attendre. Tu devais avoir tes raisons, bien sûr. Maintenant, à ton tour d'attendre. Pas longtemps. Je rentrerai cette nuit. Simplement prends soin de lui jusque-là.

Je n'ai pas le temps d'intégrer les propos décousus de Stelios qu'il disparaît déjà en courant sur le sentier entre les pins. Je me retrouve donc seul dans cette maison pour la deuxième fois. Formulation erronée, je ne suis pas seul. Je suis avec lui. Une respiration qui pèse plus lourd qu'un million d'espoirs.

La porte extérieure de la maison bâille, grande ouverte. J'entre. L'odeur rance venue d'ailleurs a imprégné jusqu'au coin où sont entassées des assiettes sales. Sel séché, iode, décomposition permanente. On dit qu'il n'est pas facile de se laver de la mer.

Un bruit inconnu. Peut-être est-il venu de dehors, à moins qu'il ne s'agisse d'un soupçon qui passe. Comment pourrais-je me fier à mes soupçons ? Finalement, je me plante devant la porte fermée de sa chambre. Plus les secondes passent, et plus je me rends compte du piège dans lequel je suis tombé. À présent, impossible de m'en aller sans avoir vérifié.

Centimètre par centimètre, j'ouvre la porte, l'obscurité protectrice de la chambre se déchire. Adonis me regarde et dans un geste lent, presque dansé, sa main droite sort des couvertures pour se tendre fermement en direction de son coin favori. Laissant la porte entrouverte, je me dirige vers l'étagère aux livres. Après avoir longuement hésité et m'être ravisé trois ou quatre fois, je finis par tirer un petit volume de contes d'Andersen. Je fais mine de retourner vers le lit, mais sa main s'obstine à rester tendue vers le même point. Avec une claire différence toutefois : l'index exécute maintenant des mouvements hélicoïdaux répétitifs, tandis qu'une ombre d'impatience apparaît sur son visage habituellement inexpressif. Je reviens avec *Le Petit Prince* dans les mains et il me fait signe de m'asseoir. Mais pas sur la chaise que j'avais utilisée la fois précédente, il préfère maintenant que je prenne place à côté de lui, au bord du lit.

À la deuxième page, il m'interrompt, de nouveau avec un geste prolongé de la main. Veut-il que je relise ? Ou bien que je m'arrête ? Non, non, il me demande de lire plus lentement. C'est une question de coordination. Les phrases commencent dès lors à couler à une vitesse différente. Le sens dépend du rythme, le rythme est modifié par les étendues de silence et le silence habite la respiration.

C'est seulement alors, pendant la durée de cette lecture, entièrement orchestrée par l'enfant, que je m'avise enfin de ce qui se passe. Adonis respire à des endroits déterminés. Il a choisi ses propres points, paragraphes et changements de chapitre pour y prendre les inspirations proportionnelles. *Le Petit Prince* n'est pas un livre, mais la circulation interne de l'oxygène, le chef d'orchestre avec lequel il a synchronisé ses poumons.

À la fin, l'index tendu montre la porte entrouverte. Inévitablement, la plongée dans le conte a déplacé les limites du jour. Je me penche sur le lit, le soulève dans mes bras, il est si léger. Nous franchissons ainsi le seuil. L'escalier de bois, les premières fleurs de la cour, les contours de la maison s'éloignent derrière nous. À une centaine de mètres de là est suspendu un hamac jaune. La pente du terrain et l'alignement naturel des arbres ont d'un commun accord décidé de l'emplacement approprié. Allongé dans le hamac, couvert d'un plaid et protégé par l'ombre du pin, Adonis contemple la mer. C'est là que je vais lire une nouvelle fois le *Petit Prince* en pressentant, avant même de prononcer le premier mot, que cette lecture ne se répétera pas.

Des rafales de vent venues du nord nous picotent, le temps est en train de se gâter. Je lui propose de rentrer. L'absence de refus vaut approbation. J'apprends son langage. L'heure de dormir est arrivée. Je le couche dans son lit et, avant de sortir, je remets *Le Petit Prince* en place. Pendant deux ou trois secondes, il me semble que le manque de lumière me joue des tours, que je n'y vois pas clair. Ensuite, je me prends à espérer que je n'ai pas lu correctement et qu'il y a une faute quelque part. N'importe quelle faute. Et pourtant. Il se trouve vraiment là. Sur l'étagère, juste à côté de l'unique vide qui attendait *Le Petit Prince*.

Je suis assis tout seul à l'extérieur de la maison, un livre dans les mains, scotché à la première page. J'essaie vainement de lire plus loin. Chaque fois je m'arrête et je reviens à cette première page, qui devrait normalement être blanche. Le titre est écrit en lettres noires sur la couverture. En dessous, de la même couleur, mais en lettres plus petites, le nom de l'écrivain :

Le Plongeur
Anton Rot

Qui a mis ce livre là ? Stelios ? Christos Adam ? Anton Rot lui-même ? Celui qui l'a fait ne s'est pas contenté de le glisser au milieu des livres d'Adonis, il l'a délibérément placé à cet endroit précis pour que je le trouve, moi. Anton Rot rompt enfin son silence pour s'adresser à moi. Sur la première page se trouve la dédicace autographe suivante, avec une signature en dessous :

À Christos Papadimitrakopoulos,
parce que nous sommes trop faibles pour oublier.
Anton Rot.

21

— Il a demandé à aller dans le hamac ?

— Oui.

— Sa respiration ?

— Normale.

— Lève-toi, il faut que tu viennes m'aider.

Stelios est revenu et pose devant moi une bouteille d'air comprimé. Deux volumineux sacs noirs dans les mains, il est déjà arrivé au milieu de la cour. J'attrape la bouteille et je le suis.

Lorsque j'arrive à la plage, il est dans la barque en train de démêler des rouleaux de cordages. Il est évident qu'il s'apprête à larguer les amarres. Il a son plan et moi le mien. Il est temps de les distinguer. De l'extrémité du môle, je contemple les contours pâles des montagnes que l'on discerne à peine de l'autre côté. L'obscurité gagne rapidement.

— Il faut qu'on plonge, Christos. J'ai tiré un énorme mérou et il m'est impossible de le remonter tout seul. J'ai besoin de ton aide.

— En pleine nuit ?

— Au fond, il fait toujours nuit.

— Moi je ne suis pas plongeur, mon vieux. Tu veux qu'il m'arrive un accident ?

— Il ne va rien t'arriver du tout. Je prendrai soin de toi.

— Comme tu as pris soin d'Eva Döbling ?

Pour la première fois il lève la tête, me regarde et part d'un grand rire bruyant et prolongé. Au lieu d'une dénégation, ou au moins d'une justification, il m'oppose un sarcasme.

— C'est donc comme ça qu'est arrivé le prétendu accident d'Eva Döbling ? Pendant que tu prenais soin d'elle ?

— L'Allemande, ce n'était pas ma faute.

— Alors c'est la faute à qui ?

— À elle-même. Maintenant, monte dans la barque. Je t'expliquerai tout ce que tu voudras une fois que nous aurons remonté le poisson.

— Je ne pense pas que je vais t'accompagner.

— Qu'est-ce que tu vas faire ?

— J'ai envie d'aller voir la police et de leur expliquer que c'est toi qui as noyé Eva Döbling. Et pas seulement ça, mais qu'aussitôt après tu es sorti en mer pour la rechercher, te forgeant ainsi un alibi.

Au lieu de me répondre, il s'affaire de plus belle dans la barque. D'un calme inquiétant, la mer semble nous observer. Stelios va appareiller, il va partir sans moi. Il dénoue le dernier épais cordage qui le rattache au môle.

— Puisque finalement tu ne viens pas, tu me passes la bouteille ?

Je la lui tends, conscient qu'il va partir tout seul. Il ne bluffe pas, ce n'est pas son genre.

— Je vois que ça ne te fait rien d'être arrêté.

— Allez… tu crois vraiment qu'ils vont m'arrêter ? Ces gens-là ? Moi ?

— Tu veux dire que tu vas échapper à la police ? Comment ? Il va te pousser des ailes et tu vas t'envoler ?

Son sourire revient, plus fou que jamais, révélant à quel point mes menaces ont l'air ridicules. Stelios sait depuis longtemps tout ce que j'ai dû deviner. Il m'attend, avec un coup d'avance. Ou plutôt, avec de nombreux coups d'avance.

— Je me suis déjà échappé, Christos. Du jour où il est né. Si tu vas me dénoncer aux flics, alors je t'offre ce que j'ai de plus précieux. Mon fils.

— Quoi ?

— Si tu ne montes pas dans la barque, nous ne nous reverrons jamais. C'est à toi qu'il incombe de veiller sur Adonis. Je te le laisse en cadeau.

— Tu sais très bien que ce n'est pas possible.

— Tu crois ça ? Parfait ! Essayons voir. Moi je disparais et toi tu te charges de lui. Tu n'as encore aucune idée du pire. Tu devrais, pourtant, puisque l'autre soir tu es allé au bureau de l'avocat et que tu lui as remis une enveloppe fermée. Est-ce que mon petit doigt m'aurait trompé ?

Il met le moteur en marche, la barque commence à s'éloigner nonchalamment. Le peu d'assurance que j'avais s'évanouit en un clin d'œil. Je croyais que j'avais enfin trouvé l'assassin d'Eva Döbling. Cependant l'assassin se moque des flics et de la prison. Il a déjà été puni, non pas pour ce qu'il a fait, mais pour quelque chose qu'il n'a pas fait. Son fils pèse plus lourd que n'importe quelle condamnation.

— Alors qu'est-ce que c'est, le pire ?

La barque s'immobilise soudain sur la surface lisse de l'eau, telle une vision incertaine. Maintenant, c'est clair. Non seulement Stelios ne redoute pas la fin, mais il la désire. Il veut me dire adieu ce soir, à cet endroit précis.

— Tu ne réussiras pas à supporter l'enfant plus de deux jours. Souviens-toi de ça. Pas plus de deux jours. Il atterrira dans une institution. Au début, tu seras rongé par un sentiment de culpabilité à son égard. Il te faudra du temps pour t'y faire. À la fin, pourtant, même les remords s'ensevelissent et pâlissent. Le pire de tout c'est que… tu ne sauras jamais. Jamais.

— Qu'est-ce que je ne saurai pas ?

— Pourquoi tout cela est arrivé ? Pourquoi tu t'es retrouvé mêlé à cette histoire ? Qui l'a décidé ? Pourquoi Anton Rot s'est suicidé dans cette foutue chambre à Hambourg ? Pourquoi Nikolaos Papapostolou l'a suivi si volontiers ? Que lui as-tu remis cette nuit-là dans son bureau ? Quel intérêt pouvais-je avoir à la mort de l'Allemande ? Un puits sans fond. Et toi tu n'apprendras strictement rien. Tu resteras la bouche ouverte et les yeux fermés… jusqu'à la fin. Et ça, c'est insupportable, crois-moi.

Le ronronnement du moteur reprend, la barque glisse vers sa route toute tracée. Mon temps est compté. Il faudrait penser mais dans ma tête il n'y a que des engrenages rouillés. Au fond, je sens qu'il a raison. Comment ne pas crier ?

— Je viens avec toi. Reviens !

22

Les archives étaient conservées dans une pièce en entresol dans la partie arrière du bâtiment. Le soleil y pénétrait rarement et les visiteurs plus rarement encore. Elles étaient restées là à l'abandon, couvertes de poussière et oubliées depuis des années. Quand les balles sifflent, les actes de naissance et les certificats de mariage perdent automatiquement de leur importance. Toutefois les documents, la plupart du temps, survivent aux hommes. C'est une forme de vengeance du papier sur les vivants.

À huit heures du matin, les murs de pierre de l'ancienne mairie évoquaient irrésistiblement une immense glacière. Les deux hommes cependant étaient habitués à des températures bien plus basses. Ils fouillaient nerveusement parmi les piles de papiers épars et de dossiers périmés, sans savoir exactement ce qu'ils voulaient trouver. Un observateur extérieur aurait pu penser qu'ils étaient à la recherche de quelque chose de bien précis. Eux-mêmes n'avaient pas pleinement conscience du fait qu'ils cherchaient tout simplement des victimes. Dès l'instant cependant où l'un d'eux eut mis la main sur la photographie de la remise des prix du concours de beauté local, il devint évident que la quête était achevée.

L'après-midi même de ce 15 janvier 1944, les soldats allemands arrêtèrent Maria Ikonomou alors qu'elle était en train de laver des vêtements devant sa maison basse. Néféli Papapostolou fut arrêtée presque en même temps, au moment où elle allaitait son nouveau-né. Les deux maisons n'étaient distantes que de quelques dizaines de mètres, si bien que les mauvaises nouvelles se répandirent comme l'éclair dans le quartier puis dans la ville tout entière. Personne ne pouvait deviner ni même imaginer comment les choses allaient évoluer.

Les deux femmes furent conduites directement à la Maison de la Vérité. Le soir tombait et il n'y avait aucun autre détenu dans le bâtiment à deux étages, gardé en tout et pour tout par trois soldats. Le capitaine Franz Juppe, qui avait ordonné leur arrestation, était absent. Il avait cependant laissé des ordres clairs. Avant toute chose, les femmes devaient subir l'interrogatoire de rigueur. Comme le capitaine était parti précipitamment pour une mission prioritaire de deux jours à Corinthe, quelqu'un d'autre devait se charger de l'affaire durant cette période. Ce quelqu'un aurait forcément besoin d'un interprète, puisque les deux femmes ne parlaient que grec. Or Franz Juppe, piètre connaisseur de la langue hellénique et présomptueux de nature, ne faisait aucune confiance aux interprètes du tout-venant. Deux mois auparavant, il avait lui-même totalement échoué dans ce rôle crucial au cours de l'opération Kalavryta. Durant les négociations entre les deux camps adverses, ayant à traduire avec précision les phrases brèves des partisans grecs, Franz Juppe n'avait pas osé admettre dès le début qu'il ne comprenait pas la moitié de ce qu'il entendait. Il dénaturait les phrases, omettait des mots, remplissait arbitrairement les vides, traduisait n'importe quoi. Malheureusement, ses supérieurs ne soupçonnèrent pas le moins du monde l'insuffisance du capitaine.

Franz Juppe ne voulait pas s'exposer de nouveau à un tel fiasco. C'est la raison pour laquelle il confia l'interrogatoire des deux femmes au seul Allemand qui connaissait la langue. À la vérité, le capitaine nourrissait une solide et profonde antipathie pour le caporal Anton Rot. Ce n'était pas seulement dû au fait que le jeune officier parlait incontestablement un grec parfait. L'ironie du hasard voulait que les deux hommes se ressemblent physiquement : grands, minces, blonds, avec le même menton carré et seulement neuf ans d'écart. Ils auraient pu être frères, constat qui agaçait encore davantage le capitaine. Car non seulement le jeune caporal parlait mieux grec que lui, mais il était de plus doté d'un mélange de stoïcisme et d'application silencieuse. Franz Juppe le chargea donc de l'interrogatoire des deux Grecques, avec la secrète certitude que le jeune homme échouerait à leur arracher ne fût-ce qu'une seule information utile. Il lui serait donc facile après, en tant que son supérieur, de le blâmer, voire de le punir.

Le fait que, dans les récits ultérieurs, tous ou presque aient confondu Franz Juppe et Anton Rot confine à la farce. Deux Allemands grands, blonds et minces, d'apparence très similaire, qui de plus parlaient grec. Comment ne pas les confondre ? De toute façon, aucune archive officielle n'a été conservée. Le mythe s'est donc construit pierre à pierre sur cette erreur initiale. La conviction s'est communément formée qu'Anton Rot était l'homme qui avait dès l'origine décidé du sort des deux Grecques. En réalité, c'est le capitaine Franz Juppe qui avait tiré des archives la photographie du concours de beauté, et c'est lui aussi qui avait immédiatement ordonné l'arrestation de Néféli Papapostolou et de Maria Ikonomou. Le jeune caporal avait joué en fait un rôle tout à fait différent dans cette histoire.

Avant que n'éclate la guerre, Anton Rot avait terminé ses études de grec ancien à l'université de Göttingen.

En 1944, il avait vingt-six ans. Il parlait rarement avec les autres soldats et plus rarement encore avec les officiers et les sous-officiers. Il fallait un cas de nécessité absolue pour qu'il ouvre la bouche et articule quelques mots purement conventionnels. Le caporal constituait une énigme, mais une énigme mineure, de celles dont personne n'a l'envie ni le temps de s'occuper à pareille époque. La guerre était pleine d'assourdissantes certitudes et ne laissait aucune place aux points d'interrogation muets.

Le soir du 15 janvier, Anton Rot entra dans la Maison de la Vérité et se trouva pour la première fois face aux deux femmes, qui se tenaient devant lui étroitement enlacées et tremblant de peur. Bien que cela ne fût pas visible, il était lui-même encore plus effrayé. Car il pouvait déjà voir, avec une terrible netteté, le sombre avenir qui les attendait. Tout d'abord il devrait les torturer pendant quarante-huit heures, sans aucune raison, et naturellement sans aucune probabilité de succès. Leur innocence n'avait pas été conduite en ce lieu afin de révéler quelque secret, mais uniquement pour être profanée. En admirateur fervent de la tragédie grecque, Anton Rot avait le sentiment de regarder dans les yeux deux éblouissantes Iphigénie. En même temps, il savait parfaitement quel rôle lui avait été attribué. On ne joue jamais Agamemnon par erreur.

Il ne lui fallut que quelques secondes pour prendre sa décision. Elle changerait sa vie, ce qu'il devinait déjà tandis qu'il se tenait pétrifié devant les deux femmes. Il réussit à paraître extérieurement calme et méthodique. Il fallait procéder pas à pas. Les soldats, obéissant à son premier ordre, sortirent et fermèrent la porte derrière eux.

Tout de suite après, il se mit à parler en grec. Les deux prisonnières devraient, dès qu'il leur en donnerait le signal, se mettre à hurler. De douleur. Sans qu'il leur fasse rien. Un instant les Grecques le regardèrent avec perplexité. Oui, elles devraient faire semblant d'avoir mal, même si elles n'avaient pas mal.

Maria et Néféli n'étaient pas stupides. Elles comprirent que l'Allemand leur faisait une inexplicable faveur et donc, quand il leva la main, elles se mirent à hurler. Pour sa part, il s'assit par terre juste derrière la porte, au cas où quelqu'un l'ouvrirait. Leurs cris de douleur feinte lui laissaient quelques minutes pour improviser un plan de fortune. Le pire était qu'il devait décider laquelle il emmènerait avec lui. Il devait choisir laquelle serait sauvée et laquelle non. N'est-ce pas exactement ce que faisaient les dieux dans les tragédies antiques ?

Le lendemain soir, 16 janvier, le caporal Anton Rot se présenta de nouveau à la Maison de la Vérité. Lorsqu'il exigea d'emmener l'une des détenues, un doute diffus gagna les soldats. Les deux capitaines commandant la maison étaient encore en mission à Corinthe. Le sergent-chef qui les remplaçait demanda au caporal pourquoi le transfert devait se faire ce soir-là. "Ordre venu d'en haut", lui répliqua sévèrement celui-ci. Le sergent arrêta là ses questions, car il connaissait la relation étroite qui unissait les deux officiers hellénophones. L'un n'allait pas sans l'autre.

Le jeune Anton Rot resta quelques instants immobile devant les deux jeunes femmes qui attendaient de nouveau dans la même salle. Comme la veille, la porte derrière lui était fermée et son dos s'appuyait contre elle. Abruptement et presque en chuchotant, il demanda pardon à Néféli. Par deux fois. Tout de suite après il dit à Maria qu'elle devait le suivre.

Pourquoi Anton Rot n'emmena-t-il pas aussi Néféli ? Parce que c'était impossible, il le savait. La loi non écrite, “un pour un”, l’interdisait formellement. Les derniers mois, les attaques de partisans avaient connu une progression méthodique. En conséquence, les déplacements de prisonniers grecs se faisaient désormais en groupe et de manière organisée, même dans les villes. Si – pour une raison quelconque – un transfert urgent était décidé, alors il fallait un soldat allemand pour chaque détenu grec. Anton Rot n’avait le droit d’emmener qu’une seule personne.

Le soir du 16 janvier, le planton de garde à l’extérieur suivit des yeux le caporal et sa prisonnière qui descendaient ensemble les marches de la Panagia Trypiti. Ce fut la dernière fois qu’un Allemand les voyait. En violation de toute consigne militaire, mais aussi de la logique humaine la plus élémentaire, ils se dirigeaient tout seuls vers le port d’Aigion.

— Combien de fois as-tu plongé, Christos ?

— Trois fois… peut-être quatre.

— Parfait, cela signifie que tu connais déjà les rudiments.

— Cela fait des années que…

— Ne t’inquiète pas, l’eau, ça ne s’oublie pas. Nous descendrons d’abord ensemble pour prendre deux ou trois mesures. Toi, tu resteras à quinze mètres et tu garderas une partie des cordes. Moi, je continuerai jusqu’au fond pour attacher le poisson. Avant de le tirer vers la surface, il nous faudra remonter ici pour les derniers préparatifs.

Je me trouve toujours dans la barque. À une centaine de mètres de nous, la terre ferme, sous la lumière de la lune, se distingue à peine. Stelios a cessé de me raconter l’histoire d’Anton Rot. Il étale maintenant autour de lui des poulies, des bouteilles d’air, des palmes, des sondes, des poids, des projecteurs, des combinaisons de plongée, des masques et de nombreuses cordes qui diffèrent par l'épaisseur, le tressage et la couleur. Les préparatifs traînent en longueur et prennent peu à peu un rythme angoissant, dans lequel les mots n'ont pas leur place. Stelios regarde continuellement sa montre.

Pourquoi m'a-t-il amené jusqu'ici et me laisse-t-il suivre toute cette procédure ? S'il voulait simplement me liquider, il ne se donnerait pas tant de mal. Dès l'instant où j'ai accepté de le suivre, il suffirait que nous plongions ensemble pour que m'arrive un "accident", semblable à celui qui est arrivé Eva Döbling.

Tandis qu'il prépare son équipement, ma pensée revient à Nikolaos Papapostolou. Il semble maintenant avoir si injustement gâché sa vie en faisant fausse route. Il a traqué le fantôme d'Anton Rot avec la conviction que c'était lui le principal responsable de la fin de Néféli. Il croyait pourchasser celui qui avait provoqué l'exécution de sa mère. Or Anton Rot n'était pas le bourreau que Nikolaos Papapostolou avait façonné dans son imagination, mais un être totalement différent. Le jeune caporal avait essayé de sauver une femme et, comme par miracle, il y était parvenu.

— Stelios, comment Anton et Maria se sont-ils enfuis d'Aigion, cette nuit-là ? Comment se fait-il que les Allemands ne les aient pas retrouvés ?

— Chaque chose en son temps. Pour l'heure, il faut plonger.

— Soi-disant pour remonter le mérou ?

— Qu'est-ce que tu crois ? Que je veux encore te noyer ? Comme la Döbling ?

— Je ne sais pas. En tout cas nous n'allons certainement pas plonger à une heure pareille pour remonter un poisson crevé.

— Quand tu verras la créature là au fond… tu resteras bouche bée. On parie ?

Pourquoi est-ce que j'accepte d'enfiler la combinaison, les bouteilles, les palmes, le masque ? Personne ne m'y oblige. Si je dis que j'ai changé d'avis, je suis sûr que Stelios plongera seul. Alors pourquoi est-ce que je continue mes préparatifs ? Un plongeur novice dans la nuit au milieu de nulle part. Est-ce que je veux finalement moi aussi provoquer le destin ? Ma propre disparition ? La peur m'étreint peu à peu, ma respiration se dérègle. Mes pieds sont déjà dans l'eau. Voilà, le moment de plonger approche. Décidément il faut que j'y aille.

Les premières secondes s'écoulent dans un froid paralysant. Comme je n'ai pas besoin de nager, toute ma concentration s'épuise à éviter la panique. Lesté des poids qui ceignent ma taille, mon corps est entraîné toujours plus bas.

Stelios me prend la main et me fait signe. Que veut-il ? Que je me calme, que je commence à respirer normalement. À un moment, je ressens l'envie soudaine de me retourner et de regarder vers la surface, mais je sais que ce serait une énorme erreur. Si je jette ne serait-ce qu'un coup d'œil vers le haut, la panique me submergera. Je respire donc et m'abandonne à la plongée, qui ne semble désormais plus avoir de raison ni de but.

Je ne sais pas combien dure la descente, sans doute quelques secondes. Le temps cependant s'est effrité et ne me préoccupe plus, il n'existe plus. Stelios s'approche de nouveau, sa main me montre un anneau métallique qui pend à un câble. Il faut que je me tienne à ça pour rester au même point, pendant que lui va continuer jusqu'au fond. J'obéis docilement. De toute façon, je n'entends plus mes pensées, je n'entends plus rien. Tandis que je le regarde se perdre vers les profondeurs, la sensation de solitude qui m'envahit semble insoutenable.

Pourtant, la rapidité avec laquelle impressions et sentiments se modifient, là-dessous, est impressionnante. Soudain, je me surprends à tout admirer. Ma lampe frontale ne se contente pas d'ouvrir des trous au milieu d'immenses étendues d'eau noire. La lumière révèle un monde autre, où la lumière elle-même n'est plus nécessaire.

23

Par cette nuit d'hiver, l'obscurité était atténuée par une lumière argentée et le vent soufflait du nord-est. Malgré un tangage modéré, la nausée s'insinua immédiatement en eux. Il ne s'agissait pas tant d'un vertige ou d'une envie de vomir que d'une sensation de dérèglement prolongé. La barque ne faisait que trois mètres cinquante de long et n'était pas peinte. Avec les maigres moyens de l'époque, on avait tout juste réussi à terminer sa construction. Normalement, il n'aurait pas fallu la mettre à la mer sans vernis. Du moins pouvait-on ainsi apprécier l'odeur du bois frais.

À vol d'oiseau, la distance jusqu'à l'île était de sept milles nautiques et demi. L'eau cependant n'obéit jamais à la ligne droite. Selon les premières estimations à vue de nez, il faudrait cinq ou six heures pour arriver là-bas.

Un peu après huit heures du soir, le propriétaire de la barque, qui était grec, fut le premier à prendre les rames. Il comprit rapidement qu'il faudrait un miracle pour atteindre la vitesse qu'il avait escomptée, avec ces vagues brèves et sonores qui déferlaient contre eux. C'était aussi la faute de la structure de la barque, qui avait été conçue pour la pêche et non véritablement pour l'aviron. Au bout d'une heure, ils échangèrent leurs places. L'Allemand ramait pour la première fois, il n'avait même jamais mis le pied sur une aussi petite embarcation. Son rythme était désespérant. Au début, il ne parvenait même pas à synchroniser les mouvements de ses bras.

À minuit, ils avaient couvert moins de la moitié de la distance. Les paumes de l'Allemand étaient déjà en sang et le Grec avait les bras ankylosés. Détails mineurs. Si le jour les surprenait, alors le danger prendrait une allure radicalement différente. L'alerte générale avait certainement été lancée avant minuit. Aux premières lueurs, les troupes allemandes passeraient au peigne fin l'ensemble de la région, sur terre et sur mer.

Ils continuèrent donc à ramer sous le regard vigilant de Maria, sans un mot. Ils se passaient le relais de plus en plus souvent, à la fin ils alternaient irrégulièrement et nerveusement, toutes les quinze ou vingt minutes. Vers quatre heures et demie, ils commencèrent à distinguer au loin une masse toute noire. Oui, c'était l'île. Le rythme des avirons augmenta spontanément, comme s'ils étaient pris de rage. L'espoir, même trompeur, donne des ailes. Les vagues s'étaient calmées et il ne restait plus qu'une heure avant le lever du soleil.

La minuscule île d'Aï-Yannis se trouve à côté d'une plus grande, Trizonia. En face, à une très courte distance, s'étalent les plages de la Doride. En 1944, le seul bâtiment de l'île était une petite église dédiée à saint Jean le Théologien. Une épaisse végétation d'arbres et de buissons couvrait presque chaque pouce de terrain et il n'y venait pas âme qui vive. Ils avaient décidé que cet endroit improbable serait le refuge idéal pour des fuyards.

Ils n'étaient plus qu'à trois ou quatre cents mètres du point le plus méridional de la côte lorsqu'ils aperçurent un grand bateau de pêche à l'horizon. Il se dirigeait lentement mais fermement vers eux. Le jour avait déjà commencé à disperser une menace gris-jaune tout autour d'eux. Il n'y avait plus aucune chance de leur échapper en forçant sur les rames. Le propriétaire de la barque, les mains tremblantes, s'efforça de lancer à la va-vite un filet dans la mer – seuls les pêcheurs avaient le droit de se trouver en pleine mer à cette heure matinale.

— Qu'est-ce que tu fais ici ?

— Je lance une palangre.

— D'où es-tu ?

— Pêcheur. De Marathias.

— Approche, le soldat va venir.

Le pilote obéit, manœuvrant avec les rames pour amener sa coque de noix au bon endroit. Le soldat pourrait ainsi sauter facilement depuis la poupe du bateau de pêche, l'arme à la main. L'officier allemand qui donnait les ordres, l'interprète grec, le soldat allemand et le nautonier grec restèrent immobiles quelques secondes, échangeant des regards las et perplexes.

Pourquoi envoyer quelqu'un là-dedans ? On voyait au premier coup d'œil que la barque était vide. La coque en bois brut ne contenait qu'une pierre en guise d'ancre, un bout de cordage et un mauvais filet. Où y chercher les deux fugitifs que l'armée allemande pourchassait avec une frénésie sans précédent depuis quelques heures ? Pour finir, l'officier fit sèchement signe de s'en aller au patron de la barque.

Une demi-heure plus tard, ils accostaient à Aï-Yannis. Entre-temps, le bateau de pêche avec les Allemands avait disparu en direction de l'ouest. Le Grec sauta dans l'eau pour tirer l'embarcation sur le rivage. Dès qu'il eut soulevé le plancher en bois, deux têtes émergèrent. Maria et Anton étaient restés allongés en dessous, immobiles, retenant presque leur souffle. Entre la coque exagérément profonde et le plancher massif, il y avait tout juste place pour deux corps. La barque avait été construite volontairement de cette façon par Christos lui-même, le nautonier de cette nuit salvatrice. Il se reposa à l'ombre des arbres de l'île et le lendemain retourna en ramant tout seul jusqu'à Aigion.

Anton et Maria restèrent cachés à Aï-Yannis durant plus d'un mois. Il n'y avait rien à manger et l'eau dépendait des pluies, puisqu'il n'y avait pas de source. Ils pêchaient à l'aube et mangeaient cru ce qu'ils avaient trouvé.

Après les premiers jours de recherches infructueuses, l'intérêt des Allemands commença à faiblir. La guerre qui faisait rage imposait d'autres priorités, ils ne pouvaient pas s'occuper éternellement de ce caporal, quand bien même il était officiellement considéré comme traître.

Le 22 janvier 1944, les Allemands décidèrent d'exécuter quelques civils à Aigion. C'étaient les représailles contre la dernière attaque des partisans et elles devaient témoigner d'un symbolisme primitif. Ce matin-là, ils se mirent à arrêter tous les hommes qu'ils trouvaient sur leur passage. Chaque maison devait en livrer un. Des quatre cents qu'ils rassemblèrent sur la place Agias Lavras, ils en choisirent finalement cinq. Selon quel critère ? À la tête du client. Le colonel Heiner Lottmann les prenait par les joues et les examinait un par un. Ceux dont la figure ne lui revenait pas perdaient. Les cinq heureux élus furent pendus au centre de la ville, en sorte qu'il n'y ait plus besoin de paroles superflues ni de vaines menaces pour les autres. L'affaire du couple disparu avait déjà été oubliée. Presque de tous.

Le grec impeccable d'Anton et la ténacité de Maria furent des atouts précieux pour leur déplacement suivant. Il se teignit les cheveux en noir avec de l'encre de calmar et ils se mirent dès lors à marcher toutes les nuits. Dans leurs rares rencontres avec d'autres Grecs, ils répétaient toujours la même histoire : ils devaient se rendre au plus vite au chevet de la sœur malade de Maria, à Karditsa.

Quand, au bout de vingt-six jours, ils eurent enfin atteint leur but, ils considérèrent qu'ils avaient eu une chance extrême. Aussitôt ils se mirent tous deux à travailler aux champs, comme un couple grec ordinaire.

Quelques mois plus tard, la guerre prit fin et les troupes allemandes se retirèrent du pays. Tous les deux s'étaient voués à la terre et ils continuèrent à travailler patiemment et assidûment. Ils reçurent un nouveau baptême, se faisant enregistrer sous les noms d'Antonis et Maria Adam. En traduction libre : Antonis et Maria Terre-Rouge. Du reste, la transformation d'Anton Rot n'était pas seulement extérieure ; d'une certaine manière il se sentait désormais un peu plus grec et un peu moins allemand.

Le 24 octobre 1946, Maria mit au monde un petit garçon éclatant de santé. Ils le baptisèrent Christos, en l'honneur du propriétaire de la barque qui leur avait sauvé la vie.

Dis-moi, est-ce que tu crois à la fatalité ? À cette force indomptable qui peut te sauver ou t'anéantir avant que tu aies le temps de lever la main ? Non ? Parfait. Puisque tu n'y crois pas, tu peux écouter la suite.

Au printemps suivant l'enfant avait six mois. Les parents lui avaient fabriqué un lit spécial, avec de hautes parois en bois, de manière à ce qu'il ne puisse pas rouler par terre. Ils étaient parfois obligés de le laisser seul à la maison, pas plus d'une heure, le temps nécessaire pour se relayer aux champs.

Le 29 avril 1947, Maria rentra à la maison, qui se trouvait à la lisière d'un village proche de Karditsa, vers deux heures de l'après-midi. Antonis en était parti une demi-heure plus tôt. De loin, l'oreille de la maman perçut les pleurs déchirants du petit et elle eut immédiatement le pressentiment qu'il lui était arrivé malheur. Elle courut à la maison et trouva le petit lit littéralement baigné de sang. Le travail cependant avait été fait de manière professionnelle. Celui qui l'avait exécuté devait posséder des connaissances médicales, puisqu'il avait déjà réussi à stopper l'hémorragie. À peine Maria eut-elle déshabillé l'enfant qu'elle s'évanouit. Quelqu'un avait serré une fine corde autour des organes génitaux du nourrisson et avait ensuite tiré de toutes ses forces. Quelqu'un avait émasculé le petit Christos.

Ils ne trouvèrent jamais le coupable. Ils ne cherchèrent pas autant qu'il aurait fallu – ils ne le pouvaient pas. Certains dirent que c'était peut-être Franz Juppe. La rumeur courait que le capitaine, ayant survécu à la guerre, était revenu en Grèce pour retrouver Anton Rot, dont l'évasion l'avait hanté, et se venger de lui. D'autres soutenaient que c'était Andreas, le premier prétendant de Maria, qu'elle avait éconduit. Le jeune Grec, entré dans la Résistance, était devenu fou de haine lorsqu'il avait entendu dire que Maria lui avait préféré un officier allemand comme père de son enfant. Si ce n'est pas de l'ironie tragique, cela, qu'est-ce que c'est ? Les Allemands pourchassaient Anton, et les Grecs Maria. Tous les deux en même temps avaient été jugés coupables de trahison. Pourquoi ? Apparemment parce qu'ils s'étaient aimés.

Trois mois après l'émasculation, les médecins estimèrent que l'enfant, malgré la fièvre et les complications successives, allait survivre. Personne évidemment n'osait envisager à quel genre de vie il était condamné.

Le 23 octobre 1947, le temps était à la pluie. Le lendemain, Christos devait fêter son premier anniversaire. À midi, lorsqu'Antonis revint des champs, il trouva le petit endormi et Maria pendue dans la cuisine de leur maison. Autour de son cou était enroulée la même fine corde qui avait servi à l'émasculation de son fils. Tu ne crois pas à la fatalité, hein ?

Tandis que sa dernière question continue à résonner à mes oreilles tel un écho empoisonné, Stelios s'affaire de nouveau à son équipement de plongée. À présent, il noue entre eux deux cordages, tout en vérifiant continuellement l'heure. Les deux lampes-tempêtes accrochées aux flancs de la barque jettent sur nous une puissante clarté blanche.

Nous sommes remontés à la surface et nous nous trouvons de nouveau sur la barque de Stelios. Le moment est venu de replonger.

— Moi, je vais bientôt y retourner, Christos. Tu compteras sept minutes. Sept exactement. Après ce sera ton tour. Tu suivras la corde et nous nous retrouverons à son extrémité.

— Pourquoi Anton Rot s'est-il suicidé ?

— Il faut en finir avec les mots. L'heure est venue de plonger. C'est cette putain qui le faisait chanter.

— Eva Döbling ?

— Papapostolou l'avait chargée de surveiller Christos. Comble de malchance. Il a choisi la mauvaise personne pour le mauvais rôle. L'Allemande a tout de suite saisi l'occasion. Bel homme, Christos – la soixantaine bien sonnée, célibataire, pas d'enfants ni de chien, un bon travail et bourré de pognon. Elle lui a fait le coup de l'amour fou. Il a aussitôt mordu à l'hameçon. Il a cru qu'il y en avait enfin une prête à entrer là où les autres n'osaient pas.

— Où ?

— Dans ses chambres noires. Christos allait en Allemagne et payait d'autres hommes pour la sauter dans des hôtels borgnes. Il les regardait et imaginait que c'était lui qui le faisait. Qu'est-ce qui lui restait d'autre ? Eva l'a peu à peu embobiné. Il lui a avoué son infirmité, lui a révélé l'histoire de son père, ce qu'était la Maison de la Vérité et ce qui s'y était passé. Une incroyable opportunité s'est ouverte pour cette actrice. Elle a commencé à faire chanter ouvertement Anton lui-même. "Donne-moi de l'argent ou je déballe tout", voilà ce qu'elle lui a dit. C'est pour ça que le grand-père est arrivé paniqué dans ton bureau et t'a demandé de la suivre. La salope, qui est une professionnelle, a tourné une terrible vidéo à l'hôtel, la nuit où tu t'es endormi dans la chambre voisine. Le lendemain matin, elle a envoyé une copie à Anton. Il a été aussitôt happé par la foutue machine à remonter le temps. Le spectacle l'a fait retourner soixante-dix ans en arrière, le confrontant de nouveau au passé. Il ne pouvait plus différer sa décision. Anton s'est suicidé pour en finir avec tout ça. Avec l'horreur.

— Et Eva, pourquoi l'as-tu noyée ? Comment…

— Tu te fiches de moi ? Si elle était vivante aujourd'hui… je la noierais encore. C'était un jeu d'enfant de l'entraîner vers le fond avec mes poids et mes palmes. Elle n'a pas pu se défendre ni même comprendre ce qui lui arrivait. Ça a été la première et la dernière fois qu'elle m'a vu, et moi je l'ai emmenée où il fallait. Elle était venue en Grèce pour continuer ses sales machinations. Je ne pouvais pas la laisser le rendre fou.

— Qui ?

— Christos. Tu sais ce qu'il a fait pour mon fils ? Combien d'enfants il a sauvés ? Mets-toi bien ça dans le crâne : j'ai pris mon pied, à l'emmener dans les profondeurs. Je te jure, je bandais. C'est ça qu'elle méritait – l'abîme. Elle a d'abord fait chanter le père, puis le fils. Pour gagner du pognon, elle a mis en scène et monté ce truc sidérant. Mais assez avec tout ça, Christos. Il y a des choses qu'il vaut mieux que tu ignores.

— Je veux savoir.

— Tu as une idée de ce que tu as remis à Papapostolou ce soir-là ? De ce qu'il y avait dans l'enveloppe fermée ? La vérité. Avant de se suicider, Anton lui a écrit tout ce qui s'était passé depuis 1944 jusqu'à aujourd'hui, et il a joint à ça la vidéo de la Döbling. Apparemment, l'avocat n'a pas supporté.

— Mais à la fin, qu'est-ce que cette fichue vidéo montre ?

— Bon, je te l'ai dit depuis le début, chaque chose en son temps. Écoute bien. C'est notre vie qui est en jeu, il fait nuit et nous sommes tout seuls. Moi je plonge, toi tu comptes sept minutes exactement. Tu sautes et tu suis la corde. Tu arrives en bas. Avec le couteau tu coupes l'autre corde, qui tient le poisson. Je lui ai attaché des ballons et il montera tout seul à la surface. Toi tu n'as plus qu'à remonter. Et surtout n'oublie pas, jamais de panique. Jamais.

— Pourquoi…

Il ne m'entend pas. Il a mis son masque. Il regarde encore une fois sa montre, ses pieds touchent l'eau. La mer noire, notre frêle refuge éclairé, le silence de la nuit, la détermination de cet homme, tout cela ensemble tisse une angoisse sourde et insaisissable. Il se prépare à plonger. Mes yeux restent rivés à la montre qu'il m'a donnée. Soudain, il enlève son masque.

— Tu as compris pourquoi tu étais ici, Christos ?

Je le regarde avec perplexité et il continue :

— Tu es ici à cause du propriétaire de la barque.

— Quel propriétaire de barque ?

— Celui qui a sauvé la vie d'Anton et de Maria. C'est lui qui a voyagé dans le temps pour t'inviter.

— Je ne comprends rien à ce que tu racontes.

Il se prépare à remettre son foutu masque, mais il se retourne vers moi.

— Le constructeur de la barque du salut, celui qui les a cachés et les a transportés sur l'île, l'homme en l'honneur de qui ils ont baptisé leur enfant Christos… c'était ton grand-père. Christos Papadimitrakopoulos. C'est pour cela qu'Anton Rot t'a cherché et t'a fait confiance. Il espérait que tu pourrais de nouveau sauver la mise. Mais il y a des choses qu'on ne peut tout simplement pas sauver. Et souviens-toi… pas de panique… parce que dans la mer, ça te tuera.

24

Une traditionnelle photo souriante de remise des prix et une guerre pour la fin des sourires. L'ordre d'un officier qui hait la beauté et l'arrestation de deux femmes qui deviendront martyres de la beauté. La Maison de la Vérité et le temps du mensonge. Un spécialiste de la tragédie antique qui tente d'éviter une nouvelle tragédie. Lever du jour avec une femme noyée dans le port et lever du jour avec deux fugitifs sains et saufs près de l'île. Une barque avec une coque profonde et un lit de bébé inondé de sang. Des organes génitaux coupés avec une corde et une mère pendue avec la même corde. Anton transformé en Antonis puis de nouveau en Anton. L'homme qui avait refusé le rôle d'Agamemnon finalement pendu lui aussi au bout d'une corde. Un avocat qui cherche un coupable toute sa vie et un médecin qui cherche toute sa vie la vie elle-même. Un metteur en scène d'*Agamemnon* qui, lorsqu'il a appris la vérité, s'est jeté à l'eau et un amant qui n'a jamais fait l'amour. Adam qui choisit systématiquement les gardes de nuit et Eva qui a choisi le mauvais rôle. Un enfant qui ne peut pas respirer et un père qui respire sous l'eau. Christos qui a caché deux personnes dans sa barque et Christos qui est devenu Chris et qui est monté dans une autre barque.

Chacun peut procéder à d'autres associations et combiner d'autres paires. Comme toujours. Que reste-t-il en commun ? *Hélas ! un coup mortel a déchiré ma chair !* L'horreur. Et la question torturante : comment se fait-il que tout cela soit né d'une histoire d'amour ? Parce qu'un jour, dans la pièce glacée où le passé croise l'avenir, Anton a rencontré Maria. Il a pris immédiatement sa décision. Et si on ne lui avait pas confié l'interrogatoire ? S'il n'était pas entré dans la Maison de la Vérité ? Si cela n'était pas arrivé, alors… Si, si, si… Chaque phrase hypothétique contient une réfutation de la réalité, chaque "si" ouvre d'innombrables portes sur partout et nulle part.

Je suis assis sur le plat-bord de la barque. Mes pieds ne sont qu'à quelques centimètres du miroir liquide qui ne réfléchit rien d'autre que lui-même, la seule obscurité. Les sept minutes sont bientôt écoulées. Je tente vainement de me concentrer. Un voyage de trente mètres sous la surface. L'heure est venue de suivre à mon tour ma propre corde. Je la tiens déjà dans mes mains. Les dés sont jetés. Trois… deux… un.

Cette nouvelle immersion ne me procure que peu de surprise. Comment peut-on s'habituer si vite ? Tandis que mon corps est lentement entraîné par les poids vers le bas, une inexplicable euphorie m'envahit. Plus rien ne me semble dangereux ou ne fût-ce qu'étranger. La descente dans le noir paradis est simplement un retour dans le monde d'où nous provenons. La matrice, le liquide amniotique, l'origine.

À deux ou trois reprises, je suis tenté d'éteindre la lampe fixée à mon front et de continuer en m'abandonnant à la bienfaisante obscurité. Une sorte d'instinct de survie m'empêche de le faire. J'ai dû dépasser depuis longtemps le point nodal des quinze mètres, quand je commence à discerner la faible lueur au bout du parcours.

Sur le fond pierreux se déploie une curieuse installation, avec des ancres, des cordes et des projecteurs. La lumière de ces derniers se diffuse à l'entour, faisant naître la sensation étrange d'une pièce engloutie. Stelios lui-même se trouve à six ou sept mètres du centre, le bras tendu dans une certaine direction, loin des projecteurs. Je me dirige de ce côté-là, mais le point qu'il montre reste caché par l'obscurité.

Où est le mérou tué ? Impossible de le localiser. Je fais quelques tours sur moi-même, mais je ne vois nulle part de poisson dans les environs. Je décide pour finir de m'approcher de Stelios, qui continue à indiquer le même point.

C'est seulement en arrivant près de lui que j'aperçois, fixée sur sa paume gauche, un petit étui étanche. Presque simultanément le changement de couleurs devient perceptible. Depuis tout à l'heure je flotte dans le noir et le bleu sombre, mais maintenant nous sommes enveloppés d'une teinte rougeâtre. Je montre les lignes colorées à Stelios. Aucune réaction. Pour la première fois je remarque le masque impénétrable de son visage.

Stelios est mort. Il s'est tiré une balle dans la tempe avec sa main droite, à laquelle est fixé un revolver. Les mille visages de la panique. Je pars comme une flèche vers la barque, vers la terre ferme, vers le monde. Le besoin de me retrouver chez moi à Hambourg et de simplement me coucher dans mon lit m'envahit tout entier. Plus ce désir est absurde et plus sa réalisation semble facile à mon inconscient. J'ai dû déjà couvrir la moitié de la distance vers la surface lorsque les derniers mots de Stelios ricochent dans mon cerveau : "Et souviens-toi… pas de panique… parce que dans la mer, ça te tuera."

Stelios savait parfaitement ce qui allait m'arriver. Il me l'a dit clairement, m'a averti. Les trente mètres de remontée exigent leur rythme propre. Brutal changement de la pression atmosphérique, bulles d'azote dans le sang, ivresse des profondeurs, fin – les mots tournent quelque part en moi. L'eau commande, toi tu obéis. Pas l'inverse. Il faut que tu redescendes.

Quand je me retrouve pour la deuxième fois à côté de son corps inanimé, je me rends compte qu'il a tout combiné. C'est Stelios lui-même qui est le mérou, le poisson qu'il s'agit de remonter jusqu'à la barque. Seule une fine corde le maintient amarré à une ancre. Et moi je dois la couper. Dès que Stelios sera libéré, deux ballons, qu'il a attachés à son corps, le conduiront automatiquement à la surface.

Ma mission m'est enfin révélée. C'est cela précisément qu'il voulait que je fasse. Il ne m'a amené ici que dans ce but. Quant à l'étui étanche fixé sur sa paume gauche, c'est un simple message écrit en lettres jaunes phosphorescentes sur du plastique. Ses dernières consignes au cas où j'aurais une hésitation : "Ne touche pas à mes bouteilles, coupe la corde et je monterai tout seul."

Il a deux bouteilles d'air comprimé sur le dos, qui sont toujours reliées à sa bouche. Pourquoi ? Je ne comprends pas. Mais il ne m'a certainement pas amené jusque-là pour me donner des explications. Je dois simplement suivre ses instructions. La corde qui le retient ici en bas se coupe facilement, il ne me reste plus qu'à admirer le spectacle. Immobile au fond, je regarde Stelios achever sa plongée et remonter pour la dernière fois. Ainsi qu'il l'a opiniâtrement exigé et soigneusement planifié. Tout seul.

Ma propre progression vers le haut est lente. Ma ceinture lestée est restée au fond et plus rien ne me retient en bas. Avec le temps cependant j'ai commencé à m'habituer. On dit que la nuit les noyés remontent à la surface et se mettent à plonger en chantant d'une voix d'une douceur insoutenable. Ils essaient de vous égarer, promettant que le monde des profondeurs de l'eau et des rêves est plus harmonieux que l'autre. Tandis que je remonte, il me semble entendre leur chant. Peut-être est-ce pour cela que je suis tenté à plusieurs reprises de lâcher la corde et de les suivre.

Deux grands bateaux côtoient la barque de Stelios. L'un appartient à la police du port, c'est le même qui avait trouvé et repêché Eva Döbling. Maintenant c'est le tour du corps de son exécuteur.

Plusieurs faisceaux lumineux de projecteurs me tombent tout à coup dessus. On me crie de sortir. Que croient-ils que je vais faire ? J'ai définitivement laissé passer l'occasion de rester au fond. Ils lancent des bouées, des conseils, des ordres. Lorsqu'enfin je grimpe dans la vedette de la police, le bombardement commence. Questions sans queue ni tête, questions sans réponse. Je feins d'avoir froid et de ne rien entendre. Du coin de l'œil, j'observe l'embarcation voisine. À qui appartient-elle ? Soudain j'aperçois sur le pont de celle-ci une figure connue : le docteur Christos Adam se trouve à quelques mètres de moi.

Je demande aussitôt qu'on m'amène auprès de lui. À leur réponse négative, je me mets à hurler comme si j'avais subi un choc hystérique : "Il faut que je voie le docteur, c'est une question de vie ou de mort." Effrayés de ma réaction, ils cèdent. Un petit canot pneumatique fait office de pont improvisé vers le bateau du médecin.

Les dimensions de la cabine paraissent encore plus exiguës en raison de l'activité fébrile qui y règne. Devant Adam gît Stelios, étendu sur le dos, comme s'il se reposait après un voyage inévitable. Un tas de câbles et de tuyaux partent de son corps inanimé pour aboutir à divers appareils. Deux hommes en blouse blanche les règlent en silence. Il est naturel que personne ne me prête la moindre attention.

C'est seulement quand notre bateau a commencé à se diriger à grande vitesse vers l'ouest que Christos Adam lève la tête et me regarde.

— Où emmenez-vous Stelios ?

— Là où il voulait.

— C'est-à-dire ?

— À l'hôpital de Rion.

— Pour une autopsie ? Il s'est tiré une balle.

— Tu crois que je ne le vois pas ? C'est pour une autre raison que nous nous dépêchons. Une greffe nécessite un timing très serré.

— Tu plaisantes ? On peut le sauver ?

— Il n'aspirait pas à être sauvé lui-même. Stelios a voulu exactement le contraire. Disparaître pour sauver. Son cerveau est cliniquement mort depuis quelques minutes, mais ses poumons peuvent encore fonctionner normalement, puisqu'ils sont restés reliés aux bouteilles de plongée et n'ont pas été en contact avec l'eau. La transplantation aura lieu ce soir. Tout est quasiment prêt. Il m'a envoyé un message sur mon téléphone portable au dernier moment, juste avant que vous ne quittiez sa maison. Comme la plupart des plongeurs, il était particulièrement juste dans son estimation du temps. Il ne voulait me laisser aucune possibilité de faire échouer son plan, de le dissuader. C'est pour cela d'ailleurs qu'il avait besoin de toi. C'est pour cela que tu te trouves là. À moi, il m'a donné juste le temps nécessaire pour que je fasse la greffe à Adonis. Ou du moins que je la tente.

25

La caméra est probablement posée sur un trépied, mais cette stabilité n'a pas les effets attendus sur l'éclairage ni le son. Divers bruits périphériques surgissent et se mêlent aux couleurs ternes de l'espace mal éclairé. Dès le premier instant, presque sournoisement, naît l'impression que l'on observe un morceau intact de la réalité. Une situation anodine, irrégulière, semée d'évolutions imprévisibles et d'erreurs accidentelles. Mais a-t-on vraiment affaire à de l'amateurisme ? Quelqu'un n'a-t-il pas plutôt soigneusement mis en scène ce spectacle de manière à obtenir l'apparence d'authenticité recherchée ?

La vidéo dure en tout vingt-neuf minutes. Le premier plan a été tourné à côté d'une vieille porte extérieure à deux battants. On entend soudain un coup de frein, l'attention du cameraman est détournée, l'image devient floue et perd son cadrage. Après quelques secondes de désorganisation tout redevient normal.

Une femme arrive à pas lents dans la rue nocturne, s'approche de l'entrée et marque une pause avant de passer à l'intérieur. La caméra ne montre que ses jambes. Même si je ne me souvenais pas de ses bottes, de son jean et de son manteau en cuir marron à hauteur du genou, le rythme de ses pas sur le trottoir serait suffisant. Cela, je ne suis pas près de l'oublier. Il s'agit de l'arrivée d'Eva Döbling à l'Étoile du Port.

La scène suivante a été tournée dans le couloir vide du premier étage. Au fond, on distingue une unique porte entrouverte, malgré l'éclairage plus que médiocre. Le brutal changement d'angle de la caméra révèle les jambes de la femme, qui maintenant se meuvent presque en se balançant. Une fois qu'elle est entrée dans la chambre, les bruits extérieurs s'éteignent et un silence embarrassé s'installe. Quelqu'un a fermé la porte derrière elle, mais ce n'est pas Eva Döbling elle-même. La voix masculine se fait entendre avec une clarté impressionnante et une détermination glacée, comme s'il s'agissait d'un ordre programmé venu de l'au-delà.

— N'enlève pas tes bottes.

L'ordonnateur est indubitablement le même que dans la première vidéo qui avait été envoyée anonymement à Anton Rot depuis le cybercafé de Düsseldorf. Sa prononciation ne trahit pas la moindre intonation étrangère, l'allemand de Christos Adam est impeccable.

Grâce aux explications de Stelios, je sais que le médecin ne donne pas réellement les ordres au couple des protagonistes. Ils ont simplement monté certaines des phrases d'un enregistrement antérieur sur cette nouvelle scène. Ils ont fabriqué de toutes pièces un faux, dans le but de l'envoyer d'abord à Anton Rot puis à Christos Adam. Qui exactement ? Selon Stelios, Eva Döbling a à la fois inspiré et mis en scène le film. Elle croyait ainsi piéger Anton Rot, mais elle a finalement obtenu le résultat contraire.

La femme commence à se déshabiller sans hâte ; il n'y a cependant pas de contact visuel direct avec elle. Durant quelques secondes, le spectacle ne comprend que ses vêtements qui volent en l'air l'un après l'autre et atterrissent sur le sol. Le plan change pour montrer un corps féminin nu, debout et immobile sur le lit. Ses bottes ont déjà sali les draps. Elle porte sur le visage un masque de cuir noir qui tranche sur sa peau très pâle. Je reconnais sans mal le corps athlétique d'Eva Döbling, je l'ai d'ailleurs déjà vue jouer un rôle similaire. Plantée au centre de cette pièce sordide, entièrement épilée et droite, elle semble prendre part à un concours d'un nouveau genre : "Miss beauté lugubre sans visage".

Très exactement cinquante secondes de silence et d'inactivité s'écoulent avant l'apparition du protagoniste. Son visage est lui aussi recouvert d'un masque, mais là s'arrêtent les ressemblances entre eux. Son pantalon, sa chemise, ses chaussures, ses gants, tous du même rouge sombre, ne laissent pas à découvert le moindre centimètre de chair. S'agit-il du même jeune homme que celui qui jouait avec elle dans la précédente vidéo ? Ainsi habillé, ou plutôt déguisé, je ne peux le reconnaître. Il monte sur le lit, se tient juste à côté d'elle et croise les bras à hauteur de la poitrine. L'affectation des gestes, l'accoutrement de l'un et la nudité de l'autre, les murs verts et la lumière du projecteur qui les frappe impitoyablement composent une image parodique. La même voix :

— Agenouille-toi devant lui.

Aucun des deux ne parle. Elle obéit docilement au nouvel ordre de Christos Adam, qui continue à les diriger, invisible comme à l'accoutumée. Contrairement à ce qu'on aurait pu attendre, les deux protagonistes restent figés dans la même position durant deux longues minutes, sans le moindre contact entre eux. Qu'est-ce que tout ça signifie ? Je me rends compte que je vois seulement le dos de la femme et pas ses mains. Il me faut un peu de temps pour que le doute traverse mon esprit troublé. Eva Döbling est-elle en train de prier silencieusement devant un homme rouge ? Ou bien le supplie-t-elle à genoux pour une raison inconnue ?

La phrase suivante résonne en même temps qu'une profonde expiration juste après le premier mot :

— Maintenant… l'heure est venue.

Non, ce n'est pas une simple expiration. L'ordonnateur invisible a commencé à haleter ou à suffoquer. Eva Döbling s'allonge au centre des draps sales et son partenaire l'attache étroitement, avec des lanières spéciales, d'abord les jambes puis les bras, aux quatre coins du lit. Tout cela se passe maintenant à un rythme rapide, comme si tout à coup ils étaient pressés. En même temps que la vitesse mon malaise augmente. S'agit-il d'une représentation que je ne peux décrypter ? Et si oui, qu'est-ce qui va suivre ?

C'est à ce point précis que le metteur en scène décide d'ajouter la musique. *Du riechst so gut* de Rammstein déferle, tandis qu'Eva Döbling se trouve désormais entièrement nue et solidement arrimée au lit. Son partenaire disparaît un instant et quand il réapparaît, il tient une boîte blanche dans sa main. Elle a une forme carrée et ne mesure pas plus de vingt centimètres. Il arrive devant les jambes tendues de la femme, ouvre la boîte avec dévotion et en sort quelque chose.

J'ai beau me concentrer exclusivement sur cet objet, je ne parviens pas à distinguer de quoi il s'agit. La main de l'homme ne reste pas immobile, mais en même temps la chose qu'il tient bouge elle-même. La caméra zoome. Le malaise glisse vers l'angoisse et celle-ci à son tour conduit tout droit à la peur. Je fournis un dernier effort pour croire qu'il s'agit d'un jeu.

L'homme tient la chose en l'air durant une seconde glaçante, puis il commence. J'entends le hurlement d'Eva Döbling qui s'élance très haut, au-dessus de la musique de Rammstein, au-dessus des murs, au-dessus de tout ce que j'avais imaginé.

Je me lève d'un bond.

Il est quatre heures et demie du matin. Deux heures plus tôt a pris fin le premier interrogatoire dans les bureaux de la police du port, et tout de suite après un officier en uniforme m'a conduit avec le véhicule de service à la maison de Stelios. Je maintenais que je devais y aller parce que j'y avais oublié mon téléphone portable.

La maison était vide et les portes ouvertes. L'enfant avait été transporté à l'hôpital quelques heures plus tôt, l'opération de transplantation devait déjà être en cours. Je me rappelais l'endroit précis où j'avais oublié mon téléphone. Juste au-dessous il y avait un livre. Le *Plongeur* m'attendait et j'ai tout de suite vu que quelque chose avait été placé entre ses pages. L'officier du port a perçu ma légère hésitation et m'a demandé à qui le livre appartenait. J'ai simplement ouvert la couverture et lui ai montré la dédicace à mon nom.

J'ai alors senti pour la première fois l'ébauche d'un sentiment de triste fierté. Je tenais peut-être en main la dernière dédicace d'Anton Rot. L'officier a acquiescé d'un hochement de tête et, quelques minutes plus tard, m'a déposé devant la porte de la rue Agiou Andreou, avec mon livre.

Je suis monté quatre à quatre jusqu'à mon appartement. Presque au milieu du *Plongeur* étaient glissés un DVD ainsi qu'une enveloppe fermée portant l'inscription : "D'abord la vidéo."

J'ai reconnu son écriture – toujours simple et clair, Stelios. J'ai suivi de nouveau ses instructions : d'abord la vidéo.

À présent, la seule lumière dans la pièce est celle qui émane de mon ordinateur portable ouvert. L'image s'est figée à l'écran, même la musique de Rammstein s'est arrêtée. Comme si les musiciens regardaient à leur tour la vidéo, comme s'ils partageaient les images. Ils chantaient *Du riechst so gut*… Tu sens si bon. Mais plus rien ne sent bon maintenant. C'est tout le contraire.

Il doit s'agir d'un jeu, voilà ce que je ne cesse de me répéter. Et si finalement ce n'en est pas un ? Ah ! Non, non. Il doit y avoir des limites que l'imagination elle-même refuse de franchir. Il doit y avoir une paroi de verre infrangible derrière laquelle le monde se transforme de nouveau en jeu. Fût-il sanglant.

26

La taupe est un petit mammifère fouisseur qui se nourrit d'insectes. Ses yeux presque invisibles, d'un millimètre à un millimètre et demi de diamètre, quoique recouverts par son épiderme velu, sont néanmoins dotés de cellules rétiniennes en grand nombre qui lui permettent de percevoir la lumière mais aussi de distinguer ses ennemis potentiels sous la surface de la terre. Son apparence extérieure donne toutefois l'impression d'un animal dépourvu d'yeux, par conséquent totalement aveugle. Il s'agit d'une erreur largement répandue qui explique son nom populaire en grec, "rat aveugle".

La taupe a le plus souvent un pelage marron ou gris très doux et de solides canines. Si elle se trouve en captivité ou manque de nourriture pour une cause naturelle, afin d'assurer sa survie, elle peut mâcher et manger à peu près n'importe quoi. Depuis des racines d'arbres desséchées et des vers décomposés jusqu'à des morceaux de plastique dur et des pneus. Son ouïe aiguisée, surtout dans les basses fréquences, la prévient et la protège de toutes sortes de dangers. Elle vit essentiellement dans un système de galeries souterraines qu'elle creuse inlassablement. Pour cela elle utilise ses pattes de devant, équipées de griffes très dures et évoquant de véritables pelles vivantes.

La caractéristique la plus impressionnante de ce mammifère est sans conteste sa capacité à vivre en permanence sous la terre. De manière générale, le pourcentage de dioxyde de carbone dans ce milieu est cinq fois supérieur à celui que l'on trouve à la surface du sol, tandis que le pourcentage d'oxygène est moitié moindre. Grâce toutefois à un type rare d'hémoglobine présent dans son sang, la taupe possède une aptitude unique : elle peut respirer dans des endroits où tout autre mammifère mourrait d'asphyxie au bout de quelques minutes. Elle peut en particulier sans problème inspirer l'air qu'elle vient d'expirer. Cette respiration souterraine permet à la taupe de subsister dans un monde pauvre en oxygène et éternellement plongé dans l'obscurité. C'est d'ailleurs précisément pour cela que, dans de nombreuses langues, on appelle métaphoriquement "taupes" ces gens de l'ombre qui, pour une raison ou pour une autre, évoluent et travaillent continuellement loin de la lumière.

Certains historiens soutiennent que la première expérimentation eut lieu en 1505 à Cordoue, en Espagne. L'inspirateur en était le révérend père Ignacio, lequel avait, on le sait, des connaissances approfondies en zoologie mais aussi en médecine. Sur un tableau – aujourd'hui au Prado – du peintre espagnol de la Renaissance Pedro Berruguete, tout au fond, derrière divers autres membres du clergé, on voit un homme grassouillet avec une petite barbe en pointe. Cette figure presque gothique a quelque chose de maléfique, en contraste avec le reste du tableau. Si l'on observe bien son visage, on y discerne une expression énigmatique, comme si le prêtre voyait quelque chose de tout à fait différent de ceux qui se trouvent autour de lui. Certains estiment que c'est la seule représentation conservée de ce personnage. De l'aveu général, le père Ignacio contribua de manière déterminante à l'œuvre de l'Inquisition, ouvrant des voies nouvelles dans les contrées désertiques des tortures corporelles. Dans ce cas précis tout particulièrement, la rumeur veut que la douleur atteigne des niveaux inconnus, entièrement inexplorés. Car ni le corps ni la nature – ni personne en fin de compte – n'a osé prévoir une telle insondable cruauté.

La plupart cependant estiment que cette méthode a été appliquée pour la première fois en Allemagne en 1942 et qu'on l'a simplement mise sur le dos du prêtre espagnol afin d'éviter la tache indélébile de la responsabilité historique. Personne ne veut endosser la paternité de l'horreur. Il est mille fois préférable d'en être considéré simplement comme l'enfant.

Quelle différence au bout du compte ? On ne peut plus prouver désormais ni où ni quand elle fut expérimentée pour la première fois, ni qui l'a inventée. Il suffit qu'un jour, quelque part, cet innommable exercice de haute voltige ait été accompli. Selon les enseignements de l'histoire humaine, cela signifie que, tôt ou tard, ça se reproduira.

Le 15 janvier 1944, c'est-à-dire le jour où le caporal Anton Rot se trouva chargé à l'improviste du cas des deux femmes, il prit également connaissance de ses obligations. C'est alors qu'il apprit qu'il devait rédiger un document officiel. Il y ferait figurer l'identité des deux détenues et y consignerait le déroulement de leur audition, ainsi bien sûr que leurs éventuelles réponses. Il ne l'avait jamais fait et n'avait aucune idée de ce que ses collègues pouvaient consigner dans leurs rapports. En réalité, la question qui le taraudait était d'une autre nature : quelle était en définitive la méthode d'interrogation, et jusqu'où fallait-il aller ?

Le capitaine Franz Juppe gardait les archives de ses propres interrogatoires. Pris par le temps, Anton Rot songea à une solution. Il se procurerait un des documents rédigés par cet officier expérimenté, absent pour une mission de deux jours dans un autre district, et il l'utiliserait comme modèle. Par la même occasion, il apprendrait enfin de première main comment se déroulaient les interrogatoires de son supérieur.

Après son échec dans l'opération Kalavryta, Franz Juppe était tombé en disgrâce, si bien qu'il avait perdu le bureau dont il disposait jusque-là. On lui permettait simplement d'entreposer ses papiers dans son ancien tiroir personnel, au deuxième étage du quartier général allemand à Aigion. Il y appelait d'ailleurs souvent Anton Rot pour lui faire traduire divers textes, afin de ne pas perdre de temps lui-même.

Tôt dans la soirée du 15 janvier 1944, Anton Rot se rendit au quartier général, rue Kanellopoulou. Il salua tous les gradés qu'il rencontra sur son passage et monta au deuxième étage. Prétextant un ordre qui lui aurait été donné de traduire en urgence un texte grec, il demanda qu'on lui autorise l'accès aux documents de Franz Juppe. Les officiers, habitués aux visites fréquentes du caporal, le laissèrent sans hésitation fouiller dans le tiroir du capitaine et personne ne s'occupa plus de lui.

Anton Rot trouva immédiatement les notes de son supérieur et s'assit sur une chaise afin de les étudier. Dans un premier temps, il fut frappé par le laconisme avec lequel elles étaient rédigées. Il constata ensuite rapidement qu'il n'était nulle part fait allusion à une quelconque méthode d'interrogatoire. Les documents étaient numérotés dans l'ordre chronologique, mais il avait beau avancer, le résultat restait le même. Il ne lisait que des noms de personnes inconnues et, occasionnellement, une information secondaire, pêchée à côté de ceux-ci. Alors qu'il s'apprêtait à remettre les dossiers dans le tiroir, il fit une dernière trouvaille.

La mention STRICTEMENT CONFIDENTIEL en tête attira immédiatement l'attention du caporal. Le document avait été envoyé de Berlin douze jours auparavant et était adressé au général Karl von Le Suire lui-même, lequel l'avait à son tour remis personnellement au capitaine Franz Juppe. Comment quelque chose de si important se trouvait-il ainsi jeté au milieu de centaines d'autres papiers, se demanda Anton Rot ?

Début 1944, la guerre avait pris un tel tour qu'il n'y avait plus place pour le formalisme. Le caporal allait l'apprendre, et même très rapidement. Après la mention des noms des deux destinataires successifs, suivait un nom de code : "Le Plongeur".

Sur l'unique page du document était analysée pour la première fois une méthode d'interrogatoire présentée, textuellement, comme "d'avant-garde" et "incroyablement efficace". À la fin de sa présentation, le rédacteur du texte, le colonel Wolfgang Rappe, demandait que cette nouvelle méthode soit mise en pratique immédiatement. Dans une dernière note, en outre, il exigeait d'être informé des résultats personnellement et de manière prioritaire.

Le bâtiment commença à tournoyer sous les pieds du caporal Anton Rot. Il lui fallait partir au plus vite. Il entreprit de descendre du deuxième étage au rez-de-chaussée, tandis que l'escalier intérieur de marbre se brisait en milliers de morceaux disparates puis en une fraction de seconde se reformait, chaque fois avec une pente et une forme différentes. Quand il eut franchi l'entrée principale du quartier général, il éprouva le besoin de s'asseoir. N'importe où et coûte que coûte, car il n'était pas envisageable que ses compatriotes le voient s'effondrer au milieu de la rue.

Il fit quelques dizaines de mètres puis tomba brusquement à genoux. L'obscurité le protégea heureusement des regards tandis que le vomi souillait sa main droite. En cet instant de prise de conscience, qui lui donnait la sensation d'un énorme morceau de glace dans la gorge, il comprit son erreur. Il n'avait pas pris à temps la mesure de sa faiblesse. Ou plus probablement celle de la force des autres. Cela dépendait de quel côté on voyait les choses. En tout cas, son côté à lui, il l'avait déjà choisi, agenouillé ainsi sur le trottoir, au milieu d'une flaque de vomi.

La méthode d'interrogation était décrite comme "simple". Oui, c'était le mot employé. Simple. Après cela, il n'y avait plus d'adjectif épithète, seulement des directives précises. Comme si on montait un meuble. Comme si on mettait en marche une nouvelle machine. Comme si on démontait la vie. Comme si on mettait en marche un antique cauchemar.

Voici donc les instructions détaillées :

Douche obligatoire. Le prévenu est conduit seul et nu dans le local spécial.

Position allongée. Les hommes à plat ventre. Les femmes sur le dos. Les mains sont attachées ensemble. Les pieds séparément, avec un écart d'au moins un mètre entre eux.

S'il y a d'autres détenus, la bouche du prévenu doit rester continuellement découverte. Dans le cas contraire, il est conseillé de le bâillonner.

Nous présentons l'animal dans sa cage et expliquons en détail la procédure. Le recours à un interprète s'impose. Le prévenu doit impérativement être informé de ce qui va se passer. Apprendre que l'heure du Plongeur est arrivée.

Suivent cinq minutes d'inaction. La cage reste à côté de sa tête.

Nous invitons le prévenu à faire sa déposition et en même temps nous commençons à lubrifier la zone d'introduction choisie. En cas d'excrétions, nous les nettoyons et nous aérons la pièce. La lubrification continue normalement.

Nous plaçons l'animal dans le nid en papier spécial qui vous a été envoyé. Dernier avertissement à l'adresse du prévenu. Nous lui montrons le cordon à l'extrémité du nid.

Cela est suivi de notre engagement formel : lorsque le prévenu décidera de parler, nous tirerons l'animal à l'extérieur.

Nous soulignons qu'il est important qu'il ne tarde pas, afin que le papier ne soit pas complètement déchiré.

L'utilisation de boules Quies est recommandée pour l'officier en charge de l'interrogatoire.

Nous commençons à introduire l'animal dans l'orifice choisi.

Délai prévisible à partir de l'introduction complète : deux à trois minutes. Dans le cas où le prévenu commence à parler, nous tirons le cordon du nid vers l'extérieur.

Dans le cas contraire nous attendons.

Délai prévisible à partir de la libération de l'animal : vingt à vingt-cinq minutes.

Dans le cas où le prévenu est encore vivant, nous attendons.

Point de sortie : inconnu.

La taupe creuse continuellement. Elle peut ouvrir un trou dans n'importe quel endroit du corps. Nous devons attendre sa sortie. Elle sortira vivante. Elle a la capacité de respirer partout. Il s'agit de la respiration souterraine. Il s'agit du fameux Plongeur.

Soins indispensables après la sortie de l'animal : le nettoyer méticuleusement du sang et des excrétions avant de le remettre dans sa cage.

Les taupes ont été envoyées d'Allemagne.

Elles sont considérées comme d'uniques et précieux instruments d'interrogatoire.

La vidéo de la chambre 107 offre toujours la même image figée. Une femme nue est attachée sur le lit et son partenaire a la main tendue en l'air. Il porte un costume rouge et tient une taupe qui bouge.

Est-ce un jeu ? Est-ce réel ? Je ne sais pas. Peut-être la réponse n'a-t-elle pas vraiment d'importance. Il va l'enfoncer à l'intérieur de la femme. Eva Döbling, qui attend le Plongeur. Eva Döbling, qui croyait qu'ainsi elle pourrait faire chanter Anton Rot et Christos Adam. Eva Döbling, qui pensait que tout cela pouvait être un rôle, une représentation.

Rue Agiou Andreou. Pas encore cinq heures du matin. On frappe à la porte. J'ouvre. Dans les yeux d'Eleni, toute la tristesse du monde. Je recule. Nous arrivons dans la chambre. J'éteins hâtivement l'écran resté allumé. L'obscurité se répand partout. Dedans et dehors.

— Qu'est-ce que tu regardais ?

— Quelque chose qui n'est pas un jeu.

— Tu allumes ?

— La lumière va nous déchirer.

NOTE DE LA TRADUCTRICE

Hélas ! Un coup mortel a déchiré ma chair ! : cette phrase est tirée du vers 1343 de l'*Agamemnon* d'Eschyle, dans la traduction de Paul Mazon (Les Belles Lettres).

OUVRAGE RÉALISÉ
PAR L'ATELIER GRAPHIQUE ACTES SUD
ACHEVÉ D'IMPRIMER
SUR ROTO-PAGE
EN OCTOBRE 2020
PAR L'IMPRIMERIE FLOCH
À MAYENNE
POUR LE COMPTE DES ÉDITIONS
ACTES SUD
LE MÉJAN
PLACE NINA-BERBEROVA
13200 ARLES

DÉPÔT LÉGAL
1re ÉDITION : NOVEMBRE 2020
N° impr. : 96998
(Imprimé en France)